W0344055

Séduction royale

DANI COLLINS

Séduction royale

Traduction française de
MARGUERITE GUILLEMET

AZUR

HARLEQUIN

Collection : Azur

Titre original :
CINDERELLA'S ROYAL SEDUCTION

© 2020, Dani Collins.
© 2020, HarperCollins France pour la traduction française.

Ce livre est publié avec l'autorisation de HARLEQUIN BOOKS S.A.

Tous droits réservés, y compris le droit de reproduction de tout ou partie de l'ouvrage, sous quelque forme que ce soit.
Toute représentation ou reproduction, par quelque procédé que ce soit, constituerait une contrefaçon sanctionnée par les articles 425 et suivants du Code pénal.

Si vous achetez ce livre privé de tout ou partie de sa couverture, nous vous signalons qu'il est en vente irrégulière. Il est considéré comme « invendu » et l'éditeur comme l'auteur n'ont reçu aucun paiement pour ce livre « détérioré ».

Cette œuvre est une œuvre de fiction. Les noms propres, les personnages, les lieux, les intrigues, sont soit le fruit de l'imagination de l'auteur, soit utilisés dans le cadre d'une œuvre de fiction. Toute ressemblance avec des personnes réelles, vivantes ou décédées, des entreprises, des événements ou des lieux, serait une pure coïncidence.

Le visuel de couverture est reproduit avec l'autorisation de :

HARLEQUIN BOOKS S.A.

Tous droits réservés.

HARPERCOLLINS FRANCE
83-85, boulevard Vincent-Auriol, 75646 PARIS CEDEX 13
Service Lectrices — Tél. : 01 45 82 47 47

www.harlequin.fr

ISBN 978-2-2804-4068-4 — ISSN 0993-4448

Prologue

Juste une fois, Cassiopeia Brodeur aurait aimé être prévenue avant que sa belle-mère, Maude, ne prenne une décision catastrophique. Voilà sept ans qu'elle supportait les caprices de cette dernière.

Ses amis d'enfance parcouraient le monde, continuaient leurs études dans des universités prestigieuses, s'étaient installés en ville, étaient tombés amoureux. Et elle était toujours coincée à Lonely Lake, au service de sa belle-mère et de ses deux filles, dans un hôtel qui ne lui appartenait pas mais qui portait son nom.

Sa belle-famille ne manquait pas de mépris pour la rase campagne dans laquelle elles avaient dû s'installer : un village reculé, niché dans la vallée luxuriante des Rockies canadiennes. Pourquoi ne retournaient-elles pas en Europe, plutôt que de lui mener la vie dure à chaque heure du jour et de la nuit ? Oh ! mais parce qu'elles ne pouvaient pas partir ; elles avaient dilapidé tout l'argent de son père. Et puisqu'elles n'avaient plus d'issues, elles semblaient déterminées à faire couler l'hôtel.

— Toutes les réservations ? répéta-t-elle. Tu as annulé *toutes* les réservations du mois de mars ?

— Oui !

— Mais pourquoi ?

— Sopi, soupira Maude avec un mépris infini. Je ne veux pas que des imbéciles et leurs enfants fassent du bruit dans les couloirs alors que nous allons accueillir *la famille royale*.

Sopi réprima un petit rire.

— La famille royale ?

Bien sûr, ils avaient déjà accueilli une ou deux pop stars sur le retour, mais les vraies célébrités préféraient skier à Banff ou Whistler au printemps.

— Oui, Sopi. Rhys Charlemaine est le prince de Verina.

— Jamais entendu parler.

Entre les rapports météorologiques et les régulations de sécurité qu'elle était la seule à suivre de près, elle n'avait guère le temps de s'occuper des frasques des têtes couronnées.

— Vraiment, Sopi… Ton manque d'éducation est consternant, fit Maude en faisant bouffer ses cheveux argentés.

Parlait-elle de l'éducation qu'elle n'avait pas voulu financer parce que le pensionnat suisse de Nanette et Fernanda avait avalé une trop grande part des économies de son propre père ? L'absence de ses demi-sœurs avait été une bénédiction, certes, mais tout de même…

— Pourquoi un prince viendrait-il jusqu'ici ?

— J'ai organisé une semaine d'héliski pour lui.

Avec quel budget ?

Sopi avait envie de crier. Au lieu de quoi, elle laissa son regard voguer par la fenêtre, où les sommets immaculés se découpaient sur le relief de la vallée et le bleu intense du ciel hivernal. À la saison dernière, elle avait pu skier une fois sur la petite colline de l'autre côté du lac ; cette année, elle n'en avait pas eu l'occasion. L'hôtel et ses urgences l'avaient accaparée.

— Les filles lui laisseront leur appartement, mais elles prendront une chambre au même étage. Sa suite et sa garde rapprochée seront logées dans les autres chambres.

— Sa suite ? Sa garde rapprochée ? Pitié, dis-moi que tu ne leur as pas *offert* le séjour.

Bien sûr qu'elle leur avait offert le séjour. Une boule d'angoisse lui noua le ventre. Maude ne vérifiait jamais les finances, mais ni l'une ni l'autre n'étaient stupides. Elles savaient que l'hôtel était sur le point de couler.

— Bien sûr que si, Sopi. Ne fais pas l'idiote. C'est une opportunité exceptionnelle. Imagine la publicité ! Tout le monde voudra réserver une chambre chez nous pour pouvoir rencontrer le prince. J'ai enfin engagé un chef réputé.

Elle lui jeta un regard satisfait, mais Sopi ne voulait pas imaginer combien ce nouvel employé allait leur coûter.

— Et je veux que tu engages plus de personnel pour les traitements du spa.

— Maude. Il n'y a personne à engager.

Cet argument tombait toujours dans l'oreille d'une sourde. Parfois, une esthéticienne ou des masseurs aventureux rejoignaient l'équipe pour une saison, mais l'isolement de Lonely Lake ne convenait pas à tout le monde. Et puis, travailler pour Maude et ses dignes héritières était une véritable torture, et les employés qualifiés fuyaient souvent plus vite que leur ombre.

— Oh ! tu compliques toujours la situation, trancha Maude. Ils se bousculeront à nos portes lorsqu'ils sauront que nous avons accueilli Rhys Charlemaine.

La majorité de leurs bénéfices s'appuyait sur les retraités venus soulager leur arthrite à un prix abordable. Peut-être qu'un invité de marque attirerait quelques curieux, mais…

— Les personnes âgées que nous accueillons sont riches et laissent des pourboires très généreux. Si ce prince et ses acolytes…

— Ses *acolytes* ? Sopi, il a trente ans. Il est célibataire. Et il est temps qu'il trouve une épouse.

Ah, tout s'expliquait. Maude voulait jeter ses filles dans les bras du prince. Et pourquoi s'évertuer à argumenter ? L'effort était inutile. Sa belle-mère avait pris le contrôle du spa quand le père de Sopi était mort. Elle n'avait pas assez d'argent pour combattre cette décision, et, si elle avait eu le malheur de passer à l'assaut, Maude n'aurait sans doute pas hésité à s'approprier toutes les liquidités de l'hôtel afin de la punir. Quoi qu'il advienne, elle n'aurait obtenu qu'un établissement en faillite.

Sa seule option était de travailler d'arrache-pied pour que l'hôtel reste solvable jusqu'à ce qu'elle puisse financer des avocats sérieux. C'était peut-être un rêve idiot, mais c'était son seul espoir. En attendant, elle tempérait les projets extravagants de sa belle-mère et canalisait ses dépenses.

Mais cette nouvelle lubie n'était peut-être pas aussi problématique qu'elle l'avait cru. Maude voulait marier une de ses filles à un prince, n'est-ce pas ? Un prince européen, venu d'un royaume fort, fort lointain. Et dans ce cas-là, elles partiraient toutes ensemble.

Une bouffée d'espoir lui réchauffa le cœur.

— Tu sais, Maude, je crois que tu as raison. C'est une opportunité incroyable. Je vais commencer les préparatifs de ce pas.

— Bien sûr que j'ai raison, soupira Maude. Arrange-toi pour que les filles n'aient à déménager qu'à la dernière minute. Ne les dérangeons pas plus que nécessaire.

Sopi ravala une riposte acerbe *in extremis*. Elle pourrait tirer son épingle du jeu et peut-être, *peut-être*, se libérer de sa belle-famille. Il lui suffirait de supporter leur ridicule prince Charlemaine pendant quelques jours.

L'idée était si excitante qu'elle chantonnait lorsqu'elle quitta le bureau de Maude pour aller défaire les lits et nettoyer les toilettes.

1.

Rhys Charlemaine s'était éveillé avant le lever du soleil. Pour encore quelques instants précieux, il était seul. Son équipe le rejoindrait bientôt avec son café, les revues de presse, les messages urgents…

Le tapage et les flatteries de la veille l'avaient épuisé. La propriétaire avait insisté pour l'accueillir personnellement. Maude Brodeur. Elle était restée avec lui pendant deux longues heures, durant lesquelles elle l'avait entretenu de son premier mari, le distant cousin d'un obscur comte anglais. Mais le sang bleu restait le sang bleu, et Maude Brodeur avait de toute évidence l'intention d'en faire bon usage. Elle avait deux jolies filles bien éduquées, et toutes prêtes à se jeter sur l'héritier d'un trône lointain. Assises en silence pendant que leur mère accaparait la conversation, elles l'avaient dévisagé d'un regard vorace.

Rhys poussa un soupir. Il ne comptait plus les croqueuses de couronne qui lui avaient tourné autour. Sa fortune, accrue par des investissements astucieux dans l'immobilier, était équitablement partagée entre lui-même et son frère, Henrik. Rhys se chargeait des intérêts privés pendant que Henrik gérait les finances du trône. Ils avaient chacun leur rôle, mais ils travaillaient ensemble, et s'épaulaient en toute chose. Rhys n'était peut-être qu'un pion de rechange, le prince cadet, mais ils avaient toujours fonctionné comme une seule entité.

Et pourtant, ils n'étaient pas toujours d'accord. Henrik

avait haussé un sourcil sceptique en entendant parler de ce petit détour dans un village oublié du Canada.

— Trop beau pour être vrai, avait-il assené sans hésitation.

Rhys, lui aussi, restait sur ses gardes. Techniquement, cette propriété semblait être le parfait investissement. Nichée au creux d'une vallée semblable à ses Alpes natales, elle avait le monopole d'une source chaude et donnait sur quelques modestes pistes de ski de l'autre côté d'un lac pittoresque. Certes, l'hôtel était très excentré, mais faciliter l'accès ne nécessiterait que quelques aménagements.

Maude avait insisté pour que la vente se déroule en secret pour des « raisons personnelles ». Elle essayait de l'embobiner, évidemment, et il n'avait aucune patience pour les hypocrites, mais il avait aussi une raison bien à lui d'avoir accepté son invitation.

Son regard glissa sur la surface gelée du lac. Le pouvoir et l'argent ne pourraient pas l'aider, cette fois-ci. Il avait besoin d'un miracle. Il s'était souvent targué d'être maître de sa destinée, mais le seul chemin qui s'offrait à lui aujourd'hui était jonché d'obstacles, et de ce qu'il ne pouvait considérer que comme une certaine déloyauté envers son frère.

Il aurait dû se réjouir, bien sûr, que les médecins aient enfin découvert pourquoi Henrik et sa femme, Elise, ne parvenaient pas à concevoir. Ils avaient dépisté son cancer des testicules très tôt. Son traitement avait de bonnes chances de succès. Toutefois, Henrik serait sans aucun doute stérile.

Cela signifiait que la responsabilité dynastique lui revenait. Il devrait produire les futurs héritiers du trône. Et pour cela, il avait besoin d'une épouse.

Rhys essayait d'ignorer le sentiment de sa propre trahison, en vain. Henrik avait travaillé d'arrache-pied pour reprendre sa place légitime sur le trône et protéger leur famille. Ses sacrifices lui avaient presque coûté la femme qu'il aimait : les royalistes, partisans de leur retour d'exil, avaient longtemps insisté pour que Henrik épouse une aristocrate plutôt qu'une fille de diplomate. Après ces épreuves, Henrik et Elise méritaient d'avoir une famille ; ils feraient d'excellents parents. Et le trône aurait dû revenir à leurs enfants, plutôt qu'à ceux de Rhys.

Et il ne pouvait se le pardonner.

Sous ses fenêtres, les lumières bleues du bassin minéral le ramenèrent sur terre. Il sourit légèrement.

Ses agents lui avaient rapporté que le registre de l'hôtel était plein de noms féminins, la plupart appartenant à l'aristocratie. Il n'était pas surpris que son séjour ait été divulgué à la presse, et que les prédatrices habituelles se soient matérialisées dans la foulée. Il ne s'était pas trompé sur Maude : sa visite promettait d'attirer une clientèle renommée et un pactole conséquent si la vente n'aboutissait pas, et remplir toutes les chambres montrait l'hôtel sous son meilleur jour durant les négociations. Elle avait peut-être même songé qu'une myriade de belles femmes à moitié nues le persuaderait d'acheter plus rapidement.

Ce n'était pas le cas, évidemment, mais il appréciait les avantages de la situation : il ne lui restait qu'à considérer cette sélection sur mesure de prétendantes et faire son choix.

Il laissa son pyjama sur le sol pour indiquer à sa garde qu'il n'avait pas été kidnappé. Ses années d'exil lui avaient appris à vivre sans domestique. Il rangeait normalement derrière lui, savait cuisiner et tailler sa barbe ; mais les compétences du quotidien ne lui servaient plus que rarement. Il était de nouveau prince, et sa fonction première consistait à protéger la viabilité économique de la famille pendant que son frère régnait sur le pays et assurait leur descendance. Ses responsabilités s'étaient diversifiées ces dernières semaines, mais la seule qu'il aurait aimé endosser – soulager le fardeau de son frère en régentant le pays – ne lui était pas proposée.

Le cœur lourd, il passa son peignoir brodé, ses pantoufles

de soie, et attrapa le passe-partout électronique que Maude lui avait confié.

Sopi était si épuisée qu'elle se crut victime d'une hallucination lorsqu'un homme apparut entre les fumerolles de vapeur. Le spa était encore verrouillé à cette heure-ci. Le seul moyen d'entrer était le passe-partout réservé aux employés, et elle était la seule en service. L'homme portait une robe de chambre magnifique, pourpre et brodée d'or.

Les yeux plissés, elle s'attarda sur le beau profil austère de l'inconnu, sa barbe taillée, et…

Oh ! non. Il était complètement nu sous son peignoir !

Et elle ne parvenait pas à détourner le regard.

À travers la brume, il détacha et ouvrit son peignoir. L'étoffe glissa sur ses bras puissants. Lorsqu'il se détourna pour poser le vêtement sur le muret de verre qui entourait le bassin, elle vit son dos musclé et ses fesses nues. Il était sculpté comme un nageur olympique, les épaules larges, les hanches fines, les cuisses musculeuses. Il pivota vers la source chaude, face à elle – absolument, magnifiquement nu. Une ombre de poils sombres soulignait les contours ciselés de son torse et formait un chemin tentateur vers…

Il plongea souplement dans l'eau, acéré comme une lame, sans un bruit. Horriblement gênée, elle pressa son visage contre les serviettes pliées qu'elle avait encore dans les bras.

Elle venait non seulement de surprendre leur invité de marque, le prince de Verina, dans un moment privé, mais aussi entraperçu les… bijoux de la couronne.

Et bien sûr, elle était de l'autre côté du bassin, près de la grande archelle abritant les serviettes propres. Pour s'échapper, elle devrait contourner la terrasse en bois, traverser le pont séparant le bassin principal de la petite extension qui saillait à flanc de colline, et passer juste devant le peignoir qu'il avait jeté sur le muret près des portes vitrées.

L'eau clapota lorsqu'il creva la surface et s'accouda au rebord, près de ses pieds.

— Bonjour, dit-il.

Sa voix était surprise, et rauque de sommeil.

Oh ! mon Dieu. Elle s'obligea à relever le visage et lui jeta le plus bref des coups d'œil.

Bon. Tout allait bien : elle ne pouvait voir que son visage et ses épaules. Inspiration, expiration. Tout de même, il était séduisant à mourir. Il avait les cheveux mouillés et les yeux d'un bleu perçant. Ses pommettes semblaient avoir été coupées à la serpe, et sa barbe accentuait encore la beauté de sa bouche pleine et virile. Un seul regard à ses lèvres lui inspirait des images parfaitement inappropriées. Il l'observait toujours avec une curiosité paresseuse.

— Excusez-moi ? reprit-il.

— Quoi ? Oh. Oh ! pardon. Bonjour ! s'exclama-t-elle.

Au moins, il ne connaissait pas son identité. La veille, elle avait passé son unique robe élégante en pensant qu'elle ferait partie de son comité d'accueil, avec Maude et ses demi-sœurs. Mais un imprévu de dernière minute l'avait obligée à remettre son jean et à prendre la route pendant quatre heures, sur les traces d'un café de luxe que Maude avait spécifiquement commandé.

— Je… Je vais laisser une serviette à côté de votre peignoir. Notre, hum… Notre heure suédoise ne commence qu'à 22 heures.

— Suéd… ? Oh.

Une fossette apparut au creux de sa joue.

— Suis-je censé porter un maillot de bain ? s'enquit-il.

— La majorité de nos clients en portent, oui. À part ceux qui préfèrent le sauna au naturel, mais ce n'est autorisé que de *nuit*, réitéra-t-elle.

— Le soleil n'est pas encore levé. Techniquement, il fait encore nuit.

Il haussa un sourcil élégant vers les rubans d'argent qui se déroulaient encore autour des monts glacés, où l'opalescence de la neige rencontrait un ciel noir comme le velours.

— C'est vrai. Mais *techniquement*, le bassin n'est pas encore ouvert. Vous enfreignez les règles, d'une manière ou d'une autre.

— Oh ! je vois. Et quelle est ma sanction ? Je ne veux pas vous inquiéter, mais je doute que mes compatriotes aient emporté un haut de bikini dans leurs valises. Personne ne porte de maillot de bain au spa, dans mon pays.

Les bras croisés sur le rebord du bassin, il avait la décontraction d'un client parfaitement normal, venu se délasser dans l'eau chaude et profiter de la vue des montagnes. Mais elle savait qu'il était nu, et son badinage amusé attisait en elle une excitation nerveuse. Le cœur battant, elle resserra les bras autour de la serviette.

— Je comprends pourquoi Maude ne voulait pas d'enfants à l'hôtel cette semaine. Apparemment, nous accueillons une convention nudiste.

Il sourit, les yeux brillant d'un éclat si chaleureux qu'elle se sentit sourire timidement en retour.

— Les Américains sont si adorablement pudiques.

Elle plissa les yeux. Oh ! non, il n'avait pas osé. Le Canada n'avait rien à voir avec les États-Unis.

— Et les Français sont si… Oh ! je suis désolée. Vous n'êtes pas français ? susurra-t-elle.

L'amusement se mua en vexation sur son beau visage. Depuis que Maude l'avait prévenue de la venue du prince, elle avait pris le temps de faire quelques recherches. Il venait d'un petit royaume situé dans les Alpes, entre la Suisse, l'Allemagne et la France. Les Veriniens parlaient les trois langues sans difficulté. Vingt ans plus tôt, une révolte avait secoué le pays, et les pays voisins en avaient profité pour tester la puissance de leurs frontières, dans l'espoir d'agrandir leurs propres territoires. Ces événements avaient rendu les Veriniens férocement patriotiques.

— Je trouve simplement que les habitants de l'*Amérique*

du Nord ont des vues très conservatrices sur le sexe et la nudité, clarifia-t-il.

Elle le pardonna d'un sourire.

— Nous ne sommes pas particulièrement prudes, au Canada. Nous gardons nos vêtements parce qu'il fait froid.

Elle montra les petits flocons aériens qui s'évaporaient dans la vapeur du bassin. Étrangement, elle ne souffrait pas de la température, ce matin-là. Malgré l'aurore glacée, un brasier courait dans ses veines.

— Vous voulez dire que vous n'avez jamais nagé nue ?

— Jamais.

Elle ne se souvenait même plus de la dernière fois où elle avait pu se baigner. Elle passait son temps à nettoyer et ranger et frotter la terrasse, mais ne profitait jamais des plaisirs luxueux qu'elle organisait pour les autres.

Tout ira mieux quand Maude et les filles s'en iront.

C'était son mantra. Si elle parvenait à reprendre le contrôle des finances, à rééquilibrer le budget, elle aurait le temps de se détendre et de penser à elle-même.

— C'est libérateur. Vous devriez essayer.

— Je n'en doute pas.

— Et rien ne vaut le présent.

Elle laissa échapper un petit rire et baissa les yeux vers lui, certaine qu'il s'amusait de sa timidité, mais quelque chose dans ses yeux bleus la frappa en plein cœur. Il l'observait avec une attention intense. Comme si quelque chose chez elle l'avait fasciné. Comme s'il avait été parfaitement sérieux en lui proposant de se déshabiller et de le rejoindre dans le bassin.

Une langue de feu se déroula dans son ventre et brûla sa poitrine, sa gorge, ses joues. Elle se raidit, le souffle court.

Les hommes ne la faisaient pas réagir de cette façon. Elle n'était jamais… réceptive, intriguée. Son dernier rendez-vous datait du lycée et s'était terminé avec un baiser humide qui ne l'avait certainement pas troublée aussi profondément que le regard azur de cet inconnu. Les rencontres étaient rares, à Lonely Lake. Elle aurait pu se rapprocher de certains clients, bien sûr, mais ils ne faisaient que passer.

Pitié. Un prince inconnu, idéal, intéressé par une moins-que-rien comme elle ? Certainement pas. Il essayait de l'enjôler comme d'autres clients l'avaient fait avant lui, parce qu'elle était *là*, tout simplement. Comment aurait-il pu la trouver attirante ? Elle était épuisée, échevelée, sans maquillage, dans ses vêtements froissés de la veille.

Peut-être même qu'elle était simplement en train de rêver. Peut-être se réveillerait-elle en sursaut dans quelques secondes, au bord de l'hypothermie, dans sa chambre glacée.

— Je suis sûre que vous saurez convaincre une compagne plus appropriée, répondit-elle d'une voix étranglée.

Elle montra les fenêtres des étages d'un mouvement de menton. Derrière les rideaux, des lumières s'allumaient déjà.

— Je dois faire le tour des saunas. Ils sont en veille la nuit, je vais aller monter la température pour vous.

Puisqu'elle faisait partie de la famille propriétaire, Sopi aurait pu exiger qu'il porte sa serviette dans l'établissement, mais elle ne voulait pas décliner son identité. Elle était trop embarrassée d'avoir songé, pendant une seconde, qu'il avait pu être sincèrement intrigué par elle.

Et puis, s'il osait se hisser hors du bain, dans toute sa glorieuse nudité, pour lui serrer la main…

Elle risquait de défaillir.

Rhys la regarda s'éloigner avec un pincement de déception. Il n'avait pas remarqué sa présence avant d'avoir traversé le bassin. Mais elle était là, le visage enfoui dans une pile de serviettes comme une adorable autruche, ses cheveux sombres attachés en chignon lâche, son uniforme froissé et informe, sauf au niveau de ses très jolies fesses.

Elle l'avait évidemment reconnu. Presque toutes les femmes, quel que soit leur âge, réagissaient visiblement à sa présence : une chose qu'il s'efforçait d'ignorer. Les médias exagéraient largement sa réputation de play-boy. Les liaisons avaient tendance à compliquer une vie déjà bien complexe. Lorsqu'il s'impliquait, c'était avec une partenaire dont la vie était elle aussi très occupée, et pour des arrangements à long terme. Des relations informelles et épisodiques, jusqu'à ce que son amante n'en vienne à suggérer le mariage, qui, selon elle, leur permettrait de se « rapprocher » ; un objectif parfaitement illusoire. Parfois, elles parlaient d'avoir des enfants, mais il avait toujours eu de bonnes raisons de retarder cette échéance-là également. Jusqu'à récemment.

Rester célibataire avait toujours été l'une de ses rares libertés, un luxe auquel il ne renoncerait pas sans peine. Il avait parfois songé que se marier aurait du moins tenu les aventurières à distance, mais c'était une responsabilité qu'il avait préféré reporter indéfiniment.

Et puis, il ne méritait pas de fin heureuse.

Un gloussement suraigu retentit des balcons supérieurs. Il leva les yeux et aperçut deux femmes en négligé, visiblement aussi excitées que des enfants au zoo. Elles exhibaient leur décolleté et leurs jambes nues en s'appuyant contre le rebord, puis lui firent signe à l'unisson.

Nous y voilà, songea-t-il avec lassitude.

Il chercha la jeune femme en uniforme des yeux pour lui demander de verrouiller le bassin fermé au public pour encore une demi-heure, mais elle avait disparu.

Son irritation s'accrut, pourtant l'interruption imminente de sa matinée n'y était pour rien. Il était étonné d'être si troublé par cette inconnue. Elle lui avait semblé si vraie, si sincère. Et il ne lui avait même pas demandé son nom.

Elle travaillait ici : il la reverrait sans doute. Cette idée n'apaisa pas son impatience ; il n'aurait pas *dû* avoir envie de la revoir. En tant que client de l'hôtel, il n'avait pas le droit de lui faire des avances. S'il cherchait de la compagnie, l'établissement était plein à craquer de femmes sublimes, disponibles, et libres comme l'air.

Mais il visualisait toujours son visage nu et frais, ses

yeux chocolat ourlés de longs cils sombres. Elle avait un petit grain de beauté au coin de la bouche, et, au creux de son cou, une chaîne d'or fin à laquelle pendait une alliance masculine. À qui appartenait-elle ? Son père, sans doute. Elle était trop jeune pour être veuve.

Et si elle avait été mariée ? Elle était très jolie, ni particulièrement voluptueuse ni fine comme une mannequin, mais piquante, avec des petits seins hauts, des épaules étroites, et des fesses exquises. Il s'était interrogé sur leur différence de taille : il devrait s'incliner sur elle pour goûter à ses lèvres…

Il étouffa un juron et inspira profondément avant de plonger vers le fond de la piscine. Avec un peu de chance, l'effort physique suffirait à étouffer ses pulsions.

Mais c'était peine perdue : elle hanta son esprit toute la journée.

Sopi avait les nerfs à vif et ne se détendit qu'en sachant le prince parti sur les pistes. Elle regarda l'hélicoptère s'élever au-dessus de la vallée et bifurquer vers les hauteurs enneigées.

Soulagée et exténuée, elle s'éclipsa pour dormir quelques heures dans son chalet. Parmi la dizaine de minuscules maisonnettes réservées aux clients, la sienne était la plus éloignée du bâtiment principal. Lorsque le four de la kitchenette avait cessé de fonctionner, le chalet était naturellement devenu une sorte de garde-meubles où l'on venait stocker les matelas de rechange. Le chauffage fonctionnait encore, et, doté d'un mini-réfrigérateur, l'endroit restait parfaitement vivable.

La minuscule mezzanine qu'elle s'était appropriée n'était certainement pas aussi confortable que le reste des logements de Cassiopeia, néanmoins. Même les employés avaient leur propre appartement dans le grand bâtiment du personnel, à l'écart, parmi les arbres. Ils avaient tous leur propre chambre, leur salle de bains et leur cuisine.

Jusqu'à la mort de son père, lorsqu'elle avait quinze ans, Sopi avait vécu dans la suite managériale, située non loin des cuisines. Maude se l'était appropriée lorsqu'elle était revenue pour gérer elle-même l'hôtel, quoique sa gestion ne consistât qu'à déléguer toutes ses responsabilités à sa belle-fille.

Pendant ce temps, Sopi avait erré de chambre libre en chambre libre. Finalement, elle avait atterri en marge du domaine, dans le chalet abandonné. Pendant ce temps, les filles de Maude s'étaient installées dans la meilleure suite de l'hôtel, révoltées de devoir vivre à Lonely Lake plutôt que de continuer leurs excursions dans les meilleurs palaces européens.

Malgré les inconvénients du chalet, Sopi appréciait d'avoir enfin son propre espace. Elle avait décoré la pièce avec un fauteuil bleu en velours et un tapis un peu délavé que sa mère avait chéri. Son lit, acheté d'occasion, avait appartenu à une petite fille avant elle : sur le bois du bureau encastré, on avait collé des images de princesses. Elle n'avait pas eu le cœur de le repeindre.

Quelques années auparavant, un de leurs clients avait lancé la rumeur que la propriétaire de l'hôtel avait été l'héritière secrète d'une couronne européenne. Sa mère les avait déjà quittés, et son père avait seulement ri de l'anecdote. L'histoire avait fait le tour de village, attiré quelques curieux, et ses amis aimaient encore lui rappeler qu'elle-même était peut-être une princesse incognito.

Elle poussa un soupir et grimpa sur le matelas sans prendre la peine de manger. *Une princesse, hein ?* Elle n'avait pas eu le temps d'acheter des céréales, ou la soupe instantanée qu'elle cuisinait avec la bouilloire.

Aussitôt couchée, elle plongea dans un sommeil profond. Et pourtant, dès que la vibration lointaine de l'hélicoptère retentit, elle ouvrit instantanément les paupières.

Son rêve l'avait transportée dans la chaleur d'une source chaude, et l'eau avait glissé sur elle comme de la soie alors qu'elle nageait vers une paire d'yeux saphir…

Pff. Elle était pathétique.

Elle jeta un coup d'œil à son téléphone. Des messages de ses collègues l'attendaient ; plusieurs la firent sourire, mais la plupart demandaient son aide. Elle prit une douche rapide, s'habilla, et retourna à l'hôtel.

Depuis ses douze ans, Sopi s'était formée au contact des innombrables professionnels engagés par le spa. Elle n'avait aucun diplôme, bien sûr, mais elle pouvait remplacer un employé au pied levé. Massage, traitements naturels et soins esthétiques n'avaient aucun secret pour elle.

En fin d'après-midi, elle passa au salon de manucure, lequel était plein à craquer de clientes excitées à l'idée de rencontrer le prince. La responsable lui avait demandé de passer pour tester la nouvelle livraison d'autocollants à ongles. Ils étaient en forme de petite chaussure à talon, couverts de strass. Elle examina la qualité du produit et s'assit en tailleur pour apposer un échantillon sur son orteil. Elle n'était pas certaine que l'autocollant soit très solide ; elle entreprit de fixer le second avec de la colle et du vernis transparent. Avant de pouvoir vérifier que les autocollants tenaient bien, son téléphone vibra de nouveau dans sa poche, et elle bondit en voyant le nom à l'écran.

Encore pieds nus, elle courut jusqu'au spa et heurta de plein fouet Karl, leur masseur norvégien. Il s'apprêtait à pousser une porte close.

— Karl ! C'est toi que je cherche, murmura-t-elle.

Dans le spa, pour assurer le confort des clients, les conversations devaient être tenues à voix basse.

— C'est ta femme. Le bébé arrive !

Pendant le massage, Karl avait dû mettre son portable en mode silence, ce qui expliquait que sa femme ait dû appeler Sopi. Il émit une exclamation d'excitation et attrapa le téléphone qu'elle lui tendait. Il chuchota quelques instants en norvégien, puis :

— Il faut que je parte, lança-t-il en empochant le portable. La sage-femme est en chemin. Il ne manque plus que moi !

— Enfin ! dit Sopi en lui reprenant son téléphone. Rentre vite, alors. J'espère que tout se passera bien !

— Merci !

Il fit volte-face, puis revint sur ses pas, fébrile.

— Mon téléphone est encore dans la salle de massage. Et le client m'attend !

— Karl, ne t'inquiète pas pour lui, je vais m'en charger. Prends ton téléphone et rejoins ta femme.

Il hocha la tête, toqua doucement à la porte, et mena Sopi dans la pièce.

— Monsieur, je suis navré. Je dois vous abandonner, j'ai une urgence familiale, mais je vous laisse entre de bonnes mains.

Il attrapa son téléphone à côté des huiles d'essentielles avant de se tourner vers Sopi.

— Le prince s'est crispé un muscle dans le bas du dos en skiant cet après-midi ; il voulait s'assurer que ce n'était rien de sérieux.

Oh ! non. *Le prince*. Sopi hocha la tête, la gorge nouée. Elle essayait à tout prix de ne pas contempler le dos musclé qui l'attendait sur la table de massage, et la serviette drapée sur ses hanches.

— Merci, répéta Karl avant de s'éclipser.

Elle inspira profondément, puis, d'une voix étranglée, parvint enfin à prendre la parole.

— Désolée pour cet imprévu. Karl n'était pas censé être en service cette semaine. Je ne pense pas qu'il se serait déplacé pour qui que ce soit d'autre que vous, monsieur.

Les épaules du prince se crispèrent, comme s'il avait reconnu le son de sa voix. Elle contourna la table et replia le bord de la serviette sous l'élastique de son caleçon… Avant de réaliser qu'il n'en portait pas.

Évidemment.

2.

— Je n'ai pas de diplôme, mais j'ai été l'apprentie de plusieurs de nos meilleurs masseurs. Ne vous inquiétez pas, j'ai effectué plus de quatre cents heures de traitements.

Elle. L'inconnue du matin. Ses gestes étaient aussi légers que ses pas lorsqu'elle contourna la table. Un parfum d'agrumes frais flottait dans la petite pièce, mais il détectait sur elle le zeste mordant du vernis à ongles, et une fragrance plus tendre, subtile comme des pêches tièdes.

— Pensez-vous que votre blessure est sérieuse ? Je devrais peut-être faire venir un docteur ou un kinésithérapeute. Je ne veux pas aggraver la situation.

— Vous ne me ferez pas de mal.

Pas comme elle le pensait, en tout cas. Une raideur inconfortable comprimait déjà son aine ; s'il ne reprenait pas le contrôle de son imagination, cette séance serait plus douloureuse qu'il ne l'avait prévu.

— Ce n'est qu'un petit élancement. J'aurais dû m'échauffer plus longtemps dans la piscine, ce matin, mais il y a vite eu trop de monde pour que je continue mes longueurs.

Autant dire qu'il avait dû traverser un océan de visages féminins avides lorsqu'il avait décidé de prendre la fuite.

Elle posa sa paume tiède sur l'arrière de son mollet et serra les doigts autour du muscle, avant de faire de même sur sa cheville ; une façon silencieuse et élégante de lui indiquer sa position.

— Je vais utiliser une huile neutre. S'il y a une inflammation, j'ajouterai du géranium ou de l'achillée.

Il se mordit la langue et ravala les ripostes suggestives qui lui venaient à l'esprit. Il était nu, couché, à la merci de cette inconnue, et pourtant, un désir irrésistible le tenaillait toujours. Il ne comprenait pas ; ses pulsions ne lui donnaient pas tant de difficultés, d'habitude.

— Je vous fais confiance.

— La neige était bonne ?

— Très.

Le soleil s'était levé lorsqu'il avait atteint les pistes, et la poudreuse était fraîche et profonde. Mais il s'en souvenait à peine, concentré qu'il était sur le cliquètement du flacon d'huile et le frottement discret de ses paumes. Un frisson courut sur son échine.

Ses doigts se posèrent au milieu de son dos, légers comme une plume. Graduellement, elle appuya sur son muscle, jusqu'à ce que la pression ne le force à expirer profondément. La chaleur de ses mains pénétrait sa peau. Elle étala l'huile avec des mouvements vifs, puis le cheminement de ses mains se mua en patiente exploration.

Il se faisait masser au moins une fois par mois. Il était aussi athlétique que possible, compte tenu de son train de vie surchargé. Il s'entraînait régulièrement, courait des marathons sur des tapis de course, mais il avait tendance à garder toute sa tension dans les épaules et la nuque. Les doigts agiles trouvèrent ses points douloureux en un rien de temps et pressèrent son muscle trapèze des deux côtés, sans le travailler, juste pour juger de sa raideur. Ce n'était pas censé être érotique, mais il trouva le geste à la fois malicieux et apaisant ; l'avertissement silencieux qu'elle y reviendrait bientôt.

Leur communication tacite augmentait encore ce lien qu'il avait reconnu plus tôt comme une promesse et un tourment. Il aurait dû mettre fin au massage sur-le-champ, mais la tentation de ses mains était hypnotique. Il n'arriverait sans doute pas à se détendre alors qu'elle...

Il laissa échapper un grognement sourd lorsqu'elle pressa son pouce près de son échine, envoyant du même coup une douleur brûlante entre ses côtes.

— Désolée, murmura-t-elle en le délivrant. Point sensible. J'y reviendrai.

— Non. Recommencez.

— La zone est très crispée…

Sa main glissa jusqu'au creux de son cou pendant qu'elle s'attaquait au nœud avec la pointe de son…

— Vous utilisez votre *coude* ?

— Trop dur ?

Elle le releva.

— *Non.* Continuez.

La pression revint, et la douleur s'enflamma quelques secondes avant de s'émousser comme une volée de poudre, si libératrice qu'il poussa un soupir audible.

— Voilà, murmura-t-elle en caressant sa peau avant de contourner la table.

Pendant les dix minutes suivantes, elle travailla sur ses épaules, alternant la vigueur et l'apaisement, avant de passer à ses reins. Elle fit même glisser le drap pour travailler le haut de ses fesses. C'était un autre point de tension, et le massage le brûla violemment avant que les muscles de son dos ne se relâchent délicieusement.

Et chaque geste frôlait l'érotisme. Il ne s'était jamais considéré comme esclave de ses pulsions, mais il était soudain aveuglé par une fièvre incompréhensible, simultanément conscient de la caresse de ses seins contre sa hanche, du chatouillement de ses cheveux sur son échine. Lorsqu'il releva discrètement le bassin pour s'octroyer un peu d'espace, elle se redressa et rabattit la serviette sur ses reins.

— Je vais essayer la réflexologie pour cette zone. Dites-moi si je vais trop loin, d'accord ?

Elle attrapa sa cheville et enfonça ses pouces contre sa voûte plantaire. Il retint de justesse un gémissement, mais l'élan d'endorphine valait toutes les peines du monde :

lorsqu'elle poussa le massage jusqu'à ses mollets, il était vaincu. Complètement offert. Il n'avait jamais été aussi parfaitement excité. Elle aurait pu l'attacher à la table de massage et brandir une cravache, et il n'aurait répondu qu'un « Oui, pitié. » Elle remonta sur ses épaules, et il dut se faire violence pour ne pas se tourner pour l'étreindre. Il brûlait de la toucher aussi intimement qu'elle, mais il ne pouvait que rester immobile pendant qu'elle le rendait fou.

— Pourriez-vous vous tourn…

— Non, grogna-t-il.

Il était dur comme la pierre. Si elle croisait son regard, elle comprendrait immédiatement qu'il ne pensait qu'à la hisser sur lui pour finir le massage en beauté.

Elle marqua une pause, surprise.

— Je termine avec la nuque et la tête, alors ?

— Oui.

Elle se positionna devant lui. Dans le trou de la têtière, il pouvait voir ses pieds nus. Sur deux des ongles, une chaussure brillante étincelait dans la lumière tamisée. Ses doigts se posèrent délicatement à la base de son crâne.

— Si j'ai été trop dure…

Il ferma les yeux sur un vertige de douleur et de plaisir.

— Non. C'est le meilleur massage de ma vie, assura-t-il. Je veux simplement l'interrompre avant qu'il ne prenne un tournant… décisif.

Les doigts se figèrent. Il l'entendit déglutir.

— Vous pouvez me faire mal, ajouta-t-il.

Elle laissa échapper un rire tremblant et lui obéit. Alors, elle tourmenta cruellement ses trapèzes pour dompter leur raideur. Elle termina la séance en dénouant les muscles de sa nuque avec les deux mains. Entre ses doigts impitoyables, la migraine lui laboura le crâne avant qu'un bien-être solaire le submerge enfin. Elle fit glisser sa paume dans ses cheveux pour apaiser les vestiges de la douleur, et l'abandonna à une euphorie sereine qu'il n'avait connue qu'après l'orgasme.

— Prenez votre temps pour vous rhabiller. Je vous laisse un verre d'eau, dit-elle.

Sa voix basse et pleine de désir fit courir une nouvelle onde de chaleur en lui. Il ne pouvait pas bouger. Non, c'était… Il releva la tête, mais elle refermait déjà la porte derrière elle. Il se redressa sur la table de massage, l'esprit brumeux. Il n'avait toujours pas demandé son nom. C'était peut-être mieux ainsi.

Si elle l'avait troublé ainsi avec un massage, comment réagirait-il s'il pouvait la toucher ?

Il passa son peignoir avec un mouvement de frustration. Il maudissait la tradition et le snobisme, et la maladie terrible de son frère. Dix ans plus tôt, il aurait pu avoir une liaison avec une employée du spa et personne ne s'en serait jamais soucié.

Depuis qu'il était revenu au palais, il avait dû se montrer plus mesuré dans ses choix. Une liaison clandestine n'aurait pas été impossible, toutefois. On lui aurait peut-être tapé sur les doigts, mais une aventure n'est pas un mariage.

Aujourd'hui, il n'avait plus d'alternative, plus de liberté. Il devait affronter son avenir. Sa prochaine relation se devait d'aboutir. Qu'avait-il l'intention de faire ? Trahir ses valeurs ? Oublier son devoir envers son frère et sa couronne pour apaiser sa libido avec une apprentie masseuse ?

Il jura tout bas. Ne pouvait-il pas s'accorder un dîner avec la jeune femme ? Un simple dîner avant que ne commence la mascarade de ses futures noces. Une seule soirée pour apprendre à la connaître avant qu'il ne soit forcé d'accepter une épouse de haut rang et une vie qu'il n'avait pas choisies.

Bien sûr, il se cherchait des excuses. Il n'avait pas le droit de succomber à cet élan égoïste, même pas pour un soir.

Il attrapa le verre d'eau et l'avala d'un trait. Il enfila ses sandales d'un mouvement preste et, alors qu'il s'apprêtait à ouvrir la porte, il remarqua un point de lumière sur le sol. Il se pencha et le pressa sur son index. Une paillette en forme de chaussure à talon, comme celle qu'il avait vue sur l'ongle de l'inconnue. Hum. Il la glissa machinalement dans la poche de son peignoir, pensif.

Les joues brûlantes, l'esprit en ébullition, Sopi n'avait ralenti sa course qu'en arrivant près des cuisines, de l'autre côté de l'hôtel. Dans le crépuscule glacial, elle s'appuya contre la porte de service, le souffle court. Elle avait massé beaucoup de clientes et de clients, depuis qu'elle travaillait à l'hôtel, mais aucun ne l'avait vraiment affectée. Elle n'avait jamais ressenti un tel besoin d'apaiser, d'adoucir, de panser, un sentiment profond et instinctif. Ses sens étaient encore en alerte.

Elle aurait pu continuer de le masser pendant des heures, comme un sculpteur modèlerait sa création jusqu'à la perfection. À la dernière minute, lorsqu'elle lui avait demandé de se retourner, elle s'était imaginé monter sur la table, s'étendre sur lui, savourer tout son être. Son refus abrupt l'avait cruellement arrachée à sa transe.

« Je veux simplement l'interrompre avant qu'il ne prenne un tournant… décisif. »

Son aveu l'avait… étonnée ? Intimidée ? Peut-être. Embrasée, sans aucun doute. Un désir irrésistible l'avait submergée d'un seul coup. S'il ne lui avait pas ordonné de « lui faire mal », elle n'aurait peut-être pas réussi à se dominer. Elle avait dû se faire violence pour reprendre le massage à la base de sa nuque.

La couronne est lourde à porter, avait-elle songé en dénouant les nœuds de tension.

Dans le froid du crépuscule, un frisson la parcourut, et elle se frotta les mains avant de pousser la porte des cuisines. À l'intérieur, le personnel se pressait déjà de préparer le dîner. Sans hésiter, elle se glissa dans les vestiaires et enfila son tablier, puis passa l'heure suivante à éplucher des patates et à récurer des casseroles.

Elle était en nage lorsqu'elle reprit le chemin de sa

cabane pour prendre une douche. Elle étouffa un soupir en reconnaissant les silhouettes qui l'attendaient sur son perron.

— Sopi ! s'écria Fernanda avant qu'elle ne puisse prendre la fuite. Où étais-tu ? Je t'ai laissé des messages !

— Oh ?

Sopi fit mine de regarder son téléphone.

— Elle nous filtre, idiote, pesta Nanette.

— Seulement quand je travaille, répondit Sopi avec un sourire.

Elle se glissa entre ses deux superbes demi-sœurs et déverrouilla sa porte.

— Vous savez que les clients doivent rester ma priorité, puisqu'ils nous *payent*.

En la suivant à l'intérieur, Fernanda fronça le nez, visiblement peu impressionnée par le décor.

— Oublie les clients. C'est à propos du prince.

— Elle a l'intention de se ridiculiser et elle veut que tu l'aides, commenta Nanette en levant les yeux au ciel.

— Tu veux faire la même chose !

— Vous savez, susurra Sopi, le restaurant va être plein, ce soir. Nous aurions vraiment besoin d'hôtesses. Nous avons prévu au moins trois ou quatre services.

— Trop occupée, désolée, susurra Nanette.

— Même pas pour voir le prince ?

— Il ne va pas manger au restaurant, coupa Fernanda. C'est pour cela que je suis là. Tout le monde fait la queue au salon de beauté pour obtenir un de ces autocollants…

Elle lui tendit une des nouvelles feuilles de décalcomanie. Sopi fronça les sourcils. Lorsqu'elle avait changé de chaussures dans les vestiaires, elle avait remarqué qu'un des stickers s'était détaché pendant le massage, et avait informé l'équipe manucure.

— Nous ne comptions pas les utiliser. Je les ai essayés tout à l'heure. Ils ne tiennent pas tout seuls.

— Oh ! pitié. *Tu* dois savoir comment les faire tenir.

Sopi secoua la tête. Dans la bouche de Fernanda, ce n'était pas vraiment un compliment.

— Fernanda, je suis pressée. Il faut que je me douche et que j'y retourne au plus vite. Collez-le toutes seules, ce n'est pas compliqué.

— Oublie le restaurant ! piailla sa demi-sœur en tapant du pied. Personne ne viendra au restaurant. Le prince veut dîner dans sa suite, et il a invité une femme qui porterait un autocollant en forme de chaussure sur un de ses orteils.

— Pardon ?

— Apparemment, le prince a croisé une femme qui l'intéresse, et il veut qu'elle vienne dîner avec lui ce soir, si elle en a envie, clarifia Nanette en levant les yeux au ciel.

Impossible. Il ne pouvait pas parler d'elle, n'est-ce pas ?

— Il… C'est… ridicule, balbutia Sopi, les joues brûlantes. Fernanda, il verra immédiatement que tu n'es pas celle qu'il a invitée. Il ne va pas confondre des femmes entre elles à cause d'une simple pédicure.

— Peut-être, mais son garde du corps ne connaît pas le visage de cette fille, pas vrai ? Si je réussis à entrer dans la suite, le prince pourrait très bien changer d'avis.

— L'idée est complètement stupide, commenta Nanette.

— Et pourtant, tu m'as suivie jusqu'ici, et tu veux *la même chose*, lança Fernanda.

Sopi les regardait tour à tour, bouche bée. Si Fernanda était capricieuse et irréfléchie, Nanette ne laissait jamais rien au hasard. Le stratagème était tiré par les cheveux, mais si ces deux-là avaient décidé de tenter leur chance…

— Attendez. Vous dites qu'il y a la queue au salon ?

— Oui ! Tout le monde veut un autocollant. Les manucures nous ont dit de revenir plus tard, mais je ne veux pas perdre de temps. Allez, Sopi !

Fernanda avait retiré sa cuissarde et remuait les orteils avec impatience.

— Dépêche-toi, il faut que j'aille me préparer.

— Fernanda…

En derniers recours, Sopi se tourna vers Nanette, mais sa demi-sœur détachait déjà sa bottine en peau de serpent.

— Écoutez, je n'ai même pas de vernis à… Oh.

Fernanda avait apporté plusieurs flacons du salon. Nanette lui tendit un tube de colle extra-forte avec un regard impérieux : quoi qu'il arrive, *elle* ne perdrait pas le sticker.

— Vous avez l'intention de faire la queue devant sa suite avec le reste des clientes ? demanda Sopi, amusée. J'imagine que vous comptez y aller pieds nus, pour qu'il puisse profiter de votre pédicure ?

Fernanda leva les yeux au ciel.

— Pitié, Sopi. Je vais juste mettre des sandales.

Oh ! bien sûr, c'était la solution la plus rationnelle. Enfin, puisqu'elles ne la laisseraient tranquille qu'après avoir eu gain de cause, Sopi s'assit sur le sol et se mit au travail.

— Peut-être que je devrais me pomponner et vous accompagner. Qui sait, c'est peut-être moi qu'il cherche.

Elle avait voulu les provoquer, mais le ricanement méprisant de Fernanda la piqua au vif.

— Oh ! bien sûr. Je suis sûre que tu ne l'as même pas vu.

Sopi réprima une grimace. Ses demi-sœurs la considéraient comme une insignifiante petite campagnarde et ne manquaient pas de le lui faire savoir.

— Je lui ai parlé, tu sais.

— Et de quoi ? demanda Nanette en plissant les yeux.

Elle haussa les épaules et se contenta d'appliquer une couche de vernis transparent sur l'ongle de Fernanda. Lorsqu'elle leva les yeux, Nanette la fixait d'un air mauvais.

— Qu'est-ce que tu porterais ?

— Hum ?

Sopi débouchait précautionneusement la colle forte, mais Nanette insista :

— Pour dîner avec le prince. Qu'est-ce que tu porterais ?

— Oh.

De toute évidence, son insolence les avait déstabilisées ; et il n'était pas question de reculer maintenant.

— Ma mère m'a laissé quelques vêtements. Il y a un tailleur Chanel que j'ai toujours rêvé de porter.

— Pourquoi n'en ai-je jamais entendu parler ? Montre.

La tentation de les impressionner était trop forte. Sopi termina de coller la chaussure sur l'ongle de sa demi-sœur, puis monta sur la mezzanine. Elle gardait ses souvenirs dans une commode, sous la fenêtre : l'album photo du mariage de ses parents, des boules de Noël encore intactes… La housse à vêtements était accrochée à côté, sur la tringle de la penderie. Elle délivra le tailleur avec excitation, mais étouffa une exclamation d'horreur ; les mites avaient dévoré l'étoffe. Nanette, qui l'avait suivie, émit un petit rire.

— Oh ! mon Dieu. Et dire que *je* pensais vivre dans un taudis.

— Nanette, tu ne payes même pas de loyer, siffla Sopi.

Elle referma la housse à regret. Elle avait perdu un souvenir chéri, et avait prouvé à sa demi-sœur que ses vêtements les plus précieux n'étaient plus que des haillons.

— Ne joue pas la martyre, rétorqua Nanette. Personne ne t'oblige à vivre ici, tu sais. Qu'est-ce que tu crois ? Que si tu ne frottes pas le parquet à genoux, personne ne le fera ?

— Je n'ai pas de leçon à recevoir de toi, Nanette. Tu n'es même pas capable de coller un autocollant sur ton orteil.

— *Exactement.* Fixe tes standards, ma grande. Et n'accepte jamais d'y déroger.

Nanette haussa les sourcils et indiqua le décor d'un geste lourd de sens. Quelle garce. Fernanda s'était glissée derrière sa sœur et observait l'étage avec un regard de dégoût. Un élan de fureur submergea Sopi. Oh ! elle aurait aimé s'abaisser à leur niveau ! Les envoyer rouler au bas de l'escalier !

— Puisque cet endroit n'est pas à la hauteur de vos standards, sortez donc de mon taudis !

— Tu ne vas pas me coiffer ? s'offusqua Fernanda.

Sopi se contenta de la foudroyer du regard. Elles redescendirent tranquillement les marches.

— Je ne comprends vraiment pas pourquoi elle est si susceptible, murmura Fernanda à sa sœur en ouvrant la porte du chalet.

Après leur départ, Sopi tira le verrou, puis se glissa dans la douche. Sous le jet d'eau chaude, elle pouvait pleurer ses vieilles robes, ses parents disparus, ses fantasmes impossibles. Elle baissa les yeux sur l'unique autocollant qui brillait sur son ongle. Elle n'était qu'une idiote.

Un prince, Sopi ? Reviens sur terre.

Elle se pencha pour arracher l'autocollant. Elle ne voulait qu'une chose : que le prince épouse une de ses demi-sœurs et qu'ils disparaissent tous ensemble à l'autre bout du monde.

— Vous plaisantez…, gronda Rhys.

Son assistant, Gerard, dansait d'un pied sur l'autre.

— Comme convenu, j'ai informé quelques curieux de votre recherche. Une femme portant un sticker en forme de chaussure sur l'ongle de son orteil.

— Et avez-vous bien fait comprendre à vos interlocuteurs que j'avais *déjà* rencontré cette femme ? Que je la reconnaîtrais ?

— Peut-être n'ai-je pas été aussi clair que je le croyais ? grimaça Gerard.

— Et maintenant…

— Maintenant, une cinquantaine de femmes vous attend dans le hall.

— Et elles portent toutes une chaussure sur l'orteil.

— J'en ai bien peur, sire.

— Comment suis-je censé gérer cette situation ? Les passer en revue jusqu'à ce que je retrouve la personne que je cherche ?

Il avait essayé d'être discret. Plutôt que d'annoncer qu'il voulait dîner avec une employée de l'hôtel, il avait voulu faire passer un message de bouche-à-oreille ; ainsi, si elle en avait envie, la jeune femme qui occupait ses pensées pouvait le rejoindre pour dîner.

— Comment ont-elles passé les ascenseurs ?

— Le sticker, sire. Les gardes du corps avaient été prévenus…

Rhys inspira profondément.

— Je veux qu'elles partent. Suggestions ?

— Peut-être pourriez-vous aller manger au restaurant ? Leur laisser une chance de vous accoster ?

Il n'avait pas faim.

— Cela ne fonctionne jamais : elles m'accostent toutes en même temps.

Mais il devait trouver une épouse, et quelles étaient ses autres options ? Envoyer un de ses gardes à la recherche d'une femme qu'il n'aurait pas le droit de revoir ? Si elle avait voulu passer la soirée avec lui, elle aurait déjà remonté la file pour le rejoindre. Non, elle devait être trop gênée, ou parfaitement indifférente.

Et c'était mieux ainsi. Bien sûr. C'était mieux ainsi.

— Très bien, grogna-t-il. Annoncez que je dînerai au restaurant.

La nouvelle se répandit comme une traînée de poudre et, lorsque Sopi apprit que le prince avait besoin d'une table, une bouffée de panique l'assaillit. Elle avait presque réussi à se persuader qu'il avait interrompu le massage parce qu'*elle* l'avait mis mal à l'aise ; elle ne voulait pas recroiser sa route.

Évidemment, ses deux demi-sœurs apparurent une fraction de seconde plus tard, décidées à réserver la meilleure place pour la bataille imminente. Le prince mangerait avec la poignée d'aristocrates célibataires qui l'avaient accompagné pour son séjour : une brochette de choix pour les prédatrices qui envahissaient déjà la pièce.

Sopi laissa le pupitre des réservations à une de ses

collègues et disparut avec soulagement dans la buanderie, où l'on avait besoin de main-d'œuvre pour plier les draps.

Comme la majorité des clients s'étaient précipités dans la salle à manger, le reste de l'hôtel était calme. Elle plaisanta un moment avec ses amies de l'équipe ménagère, avant de monter les aider à préparer les chambres pour la nuit.

C'est elle qui se chargea de la suite du prince et, tandis qu'elle replaçait les oreillers, elle remarqua le minuscule autocollant posé sur la table de nuit.

Son cœur rata un battement. Mais, sous le regard du garde du corps, elle ne put que se détourner, fermer les rideaux, laisser des chocolats sur le drap replié, et quitter la pièce.

Plus tard dans la soirée, les clients abandonnèrent le restaurant bondé pour se diriger vers les bassins chauffés.

Pendant qu'elle aidait à la plonge, sa belle-mère se matérialisa avec une autre liste de tâches. Sopi les termina juste à temps pour aller fermer la piscine et les saunas. Une dizaine de clientes tentèrent de la soudoyer pour qu'elle les prévienne si le prince venait se baigner après la fermeture. Elle referma d'autorité un peignoir sur la dernière naïade à moitié nue, puis verrouilla enfin les portes du spa. Elle poussa un soupir de soulagement, le dos contre la porte.

Malgré l'épuisement, elle aimait faire la fermeture. Elle pouvait prendre son temps, profiter de la solitude. Elle partit chercher la serpillière en chantonnant doucement, et se mit au travail.

Il était minuit lorsque Rhys se planta devant la fenêtre, trop fébrile pour dormir.

Il avait passé les deux dernières heures entouré de femmes sublimes, bien éduquées, bien nées, et il n'avait prêté attention à aucune d'elles. Il n'avait pas l'habitude d'être obnubilé par une femme au point de perdre le sens des réalités. Il n'avait pas le droit de s'abandonner à un sentiment pareil : il connaissait les ravages que pouvait entraîner l'obsession.

La plus terrible nuit de sa vie lui revint brutalement. Il avait appris à réprimer ses souvenirs ; mais soudain, le tumulte, les cris, les explosions du passé l'assourdirent. Il avait dix ans, à l'époque. Assez vieux pour comprendre l'horreur de la situation : les soldats en habits militaires, leur invasion, la terreur de ses parents alors que leur propre armée les tenait en joue dans le grand hall. Mais il avait été trop jeune pour les sauver. Pire, il avait scellé leur destin. Il avait crié et couru vers le palier des grandes marches, où un officier retenait Henrik.

S'il s'était arrêté, s'il s'était tu, peut-être que ses parents seraient encore en vie.

Au lieu de cela, il avait bondi sur le fusil du soldat, et l'homme l'avait frappé au visage avec la crosse. Il s'était senti tomber en arrière, la mâchoire brûlante. Sa mère avait hurlé son nom. Elle avait voulu courir vers les marches, mais un soldat l'avait violemment tirée en arrière ; son père était intervenu, et la tension qui les avait tenus immobiles une seconde plus tôt avait explosé.

Quatre coups de feu, et les corps inertes de ses parents sur le sol.

Rhys pouvait encore sentir la force panique de Henrik lorsqu'il l'avait entraîné à sa suite, derrière la balustrade de la galerie. Rhys était glacé d'horreur, les yeux fixés sur le militaire qui avait tué ses parents sans ciller.

Il n'oublierait jamais la froideur inhumaine de ce regard. Et il ne se pardonnerait jamais l'impulsivité qui avait coûté la vie à ses parents.

Dans la confusion, il se souvenait vaguement d'avoir entendu son frère bégayer des suppliques. Promettre qu'ils ne reviendraient jamais si on les laissait partir. Il l'avait aidé à se redresser et l'avait entraîné dans les escaliers de service, puis à travers les jardins.

Le choc avait noyé le souvenir des jours suivants, mais le fardeau de la culpabilité ne l'avait pas quitté. Il était reconnaissant à Henrik de l'avoir protégé, mais il s'en voulait terriblement d'avoir tout laissé derrière lui. D'avoir survécu alors que ses parents n'étaient plus.

Leur perte pulsait encore dans sa poitrine comme une blessure ouverte, et le deuil s'était mué en terreur lorsqu'il avait découvert la maladie de son frère. S'il perdait Henrik…

Il ne voulait pas songer à cette possibilité.

Voilà pourquoi il n'avait jamais voulu se marier, fonder une famille. Il ne pouvait pas contrôler l'avenir. Il était impuissant face aux aléas de l'existence. Et il ne pouvait supporter de vivre dans la peur de la perte.

Il jura entre ses dents. Il avait besoin d'une distraction pour échapper au tournant sombre qu'avaient pris ses méditations. Il traversa la pièce et ouvrit le dossier de vente qu'il avait demandé à Maude en quittant le restaurant, plus tôt dans la soirée.

Sa fille aînée, une beauté svelte, s'était jointe à lui alors qu'il remontait dans ses appartements. Elle avait prétexté vouloir aller chercher quelque chose dans sa chambre, mais son objectif était évident : elle avait essayé de lui faire croire qu'elle était la femme qu'il cherchait. Dans l'ascenseur, elle avait délicatement exhibé sa jolie chaussure ouverte et argentée, et son orteil dûment décoré.

Dieu savait que cette attention constante était épuisante. Il ne lui avait fallu qu'une journée pour passer de l'hésitation à l'impatience : il voulait simplement en finir avec cette immense partie de chasse et trouver une épouse au plus vite. L'aînée de Maude correspondait techniquement aux standards de la famille royale : sophistiquée, bien élevée, et belle comme une image de papier glacé.

— Si vous le permettez, Votre Altesse, je pourrai arranger un dîner bien plus agréable pour vous demain soir, avait-elle proposé d'une voix onctueuse. Il nous arrive souvent de privatiser le solarium pour les couples en lune de miel.

Mentionner une *lune de miel* était parfaitement délibéré, bien sûr. Il avait failli lever les yeux au ciel.

— Peut-être, avait-il lancé par-dessus son épaule en sortant de l'ascenseur.

Oui, elle avait le profil parfait, or il ne voulait pas passer une seconde de plus avec elle, et encore moins sa vie entière.

Qui plus est, il devait s'intéresser à l'achat de cette propriété. Il attrapa la chemise en papier bordeaux sur sa table de nuit, et l'autocollant en forme de chaussure voleta doucement vers le sol. Son regard suivit sa progression et son humeur morose s'éclaira aussitôt qu'il songea à elle.

Sa belle inconnue.

Il secoua la tête, décidé à émousser l'intensité de sa curiosité. Il n'avait pas le droit d'être fasciné par elle. Et puis, comment pouvait-il avoir l'énergie ou la motivation de s'intéresser à la jeune femme ? Il aurait dû être physiquement épuisé, après une journée de ski et de course-poursuite matrimoniale ; pourtant il ne parvenait pas à faire taire l'impression d'inachevé qu'elle avait laissée derrière elle.

Peut-être qu'il pourrait se fatiguer à la piscine.

Il se déshabilla et enfila son peignoir. Cette fois, il demanda à un de ses gardes du corps de l'accompagner et le laissa à la porte du spa afin qu'on ne puisse l'y suivre.

Les lumières étaient tamisées dans les vestiaires. Les miroirs et les éviers avaient été polis, le sol nettoyé. La musique et la fontaine étaient éteintes, et les jets du jacuzzi ronronnaient à basse fréquence. Les lieux étaient déserts et délicieusement silencieux. Il dépassa la piscine intérieure, plongée dans les ténèbres, et regarda la vapeur du bassin extérieur glisser sur les baies vitrées.

Il allait sortir sur la terrasse lorsqu'un son attira son attention. Dans le couloir qui menait au sauna, une femme chantait tout bas.

L'odeur de l'eucalyptus flottait jusqu'à lui dans l'air humide. Il remarqua un chariot de nettoyage posté près d'une porte close. Le clapotis d'un robinet s'interrompit, et il entendit distinctement le timbre de sa voix vibrer entre les murs carrelés. Il resta figé, subjugué, alors qu'*elle* émergeait du couloir pour ranger une brosse dans le chariot. Ses cheveux étaient relevés en chignon libre, et des mèches collaient à sa nuque humide. Elle portait un pantalon de coton léger et un grand T-shirt, tous les deux trempés aux extrémités. Sans le voir, elle emporta son chariot dans le couloir avant de tourner vers le local réservé au personnel.

Pourquoi nettoyait-elle le sauna à minuit ? Elle était une déesse aux caresses apaisantes et à la voix de sirène, pas une souillon. Il croisa les bras, troublé. Une porte s'ouvrit et se referma. Il attendit qu'elle réapparaisse, en vain.

S'était-elle enfermée dans la réserve ? Il remonta le couloir et y trouva deux portes. La première cachait un placard empli de produits d'entretien. Son chariot était proprement rangé sur le côté. Il se tourna vers la deuxième issue. *Sortie de secours. Fermeture automatique.*

Il poussa le battant à son tour. La nuit était claire et froide. Des empreintes formaient un étroit sentier dans la neige fraîche. Il aperçut un grand bâtiment d'entretien entre les futaies.

N'y va pas, ordonna la voix de la raison.

Il fit un pas dans l'air glacial et laissa la porte se verrouiller derrière lui.

3.

Elle avait *mérité* une heure de tranquillité et de bien-être. Après avoir récuré les saunas, crasseuse et épuisée et frustrée, elle avait pris sa décision.

Pas question de plonger dans le bassin de la terrasse. Non, elle voulait profiter de la source chaude, découverte des siècles plus tôt par des explorateurs inconnus. Personne ne savait exactement qui avait construit le barrage et redirigé l'eau brûlante jusqu'au petit bassin naturel, posté sur un promontoire verdoyant, au creux des arbres. Au XIXe siècle, seuls les chasseurs des environs et les autochtones en avaient connu l'existence ; puis un magnat du chemin de fer avait choisi de faire construire l'hôtel au début du XXe siècle. La construction avait inclus la création de ce qui deviendrait plus tard leur piscine intérieure.

Comme la source naturelle, en roche et en mousse, ne pouvait être stérilisée, l'hôtel n'avait pas le droit d'y accueillir des clients. Elle avait été gardée en l'état comme attraction touristique. Durant l'été, les clients venaient pique niquer sur ses rives, face au lac, au son cristallin de la cascade. Mais ce soir, Sopi était seule lorsqu'elle dépassa le bâtiment d'entretien et bifurqua entre les arbres. Sous les pins odorants, la neige n'était pas trop profonde ; néanmoins, comme elle ne portait que ses mules, ses pieds étaient gelés et roses de douleur lorsqu'elle émergea dans la clairière et poussa la barrière qui menait au promontoire.

Sur les derniers mètres, la neige intacte atteignait ses

genoux. Arrivée près de la rive, elle retira ses mules et fit un pas dans l'eau brûlante. La douleur s'enflamma avant de laisser place au soulagement.

Elle n'était pas venue jusqu'ici depuis longtemps. Pas depuis qu'elle s'y était éclipsée pour pleurer la mort de son père. La souffrance de cette journée avait laissé des traces, et elle avait eu tendance à éviter la source depuis.

Elle avait oublié combien l'endroit était paisible. Les arbres hauts et denses dissimulaient entièrement l'hôtel. Seuls la barrière et le murmure de la pompe rappelaient la civilisation toute proche. Elle s'en détourna pour faire face au lac.

Elle resta immobile un long moment, rassérénée par le silence. Elle allait retirer son haut lorsqu'un crissement de pas sur la neige arrêta son geste. Elle se figea, en alerte. Maintenant ? Qui ? *Pourquoi* ? Elle fit volte-face, agacée, mais…

— Oh !

— Vous ne devriez pas nager seule.

Le souffle du prince blanchit dans l'air glacial. Il ne portait que son peignoir et poussa la barrière avant de traverser la neige dans ses chaussons brodés. Dans la pénombre, sous les rayons bleus de la lune reflétée par la neige, elle le vit grimacer. Il laissa ses chaussons près de ses mules et se glissa dans l'eau à son tour.

Elle jeta un coup d'œil derrière lui. Elle s'attendait à voir apparaître une équipe de gardes du corps, deux ou trois aristocrates en mal de distraction, ou peut-être un harem de prétendantes au titre de princesse.

— Que faites-vous ici ? demanda-t-elle.

— Que faites-*vous* ici ?

— Vous m'avez inspirée, fit-elle avec un sourire.

Lui, et le discours cruel de Nanette.

— Inspirée ? À aller nager nue ? La source est plus chaude que le bassin de l'hôtel.

— Oui. Et la baignade est interdite, ajouta-t-elle en montrant un panneau couvert de givre.

La bouche du prince s'incurva.

— Je vois. Je vous ai inspirée à enfreindre les règles. À vivre dangereusement.

— Pas vraiment. Le bassin est testé régulièrement et l'eau est même potable, dit-elle en souriant.

— Une aventure moins excitante que prévu, alors.

Sa remarque lui rappela la médisance de ses demi-sœurs, leur regard dédaigneux sur sa robe rongée aux mites. Elle n'avait aucune chance avec un homme comme lui, et ses demi-sœurs le savaient. Elle le savait aussi. Elle n'avait rien à faire ici, intimidée et inférieure. La sueur et la saleté du sauna lui collaient à la peau.

L'eau chaude l'attirait comme un aimant, mais elle murmura :

— C'était une idée stupide. Nous devrions rentrer.

Il baissa les yeux vers elle. Ses prunelles brillaient sous la lune, mais son expression était indéfinissable.

— Je voulais que vous me rejoigniez.

— Ici ?

Elle secoua la tête. La proposition était tentante. Qu'avait-elle à perdre en se baignant nue avec un inconnu ? Elle réprima un rire surpris. Nue avec lui ? D'où lui venait donc cette témérité ? Il était le premier homme à faire naître en elle des désirs aussi imprudents.

— Pour dîner, expliqua-t-il. N'avez-vous pas eu… mon… message ?

Il lui sembla que son souffle s'était cristallisé dans sa poitrine.

— Oh ! je ne pensais pas…, bégaya-t-elle. Toutes les clientes ont demandé une manu…

— Je sais, grogna-t-il. Je m'en suis aperçu trop tard.

Elle ne put s'empêcher de sourire.

— Vous auriez pu m'envoyer un *vrai* message.

— Je ne connaissais pas votre nom. Mon assistant a posé la question à la réception, mais c'est Karl qui aurait dû s'occuper de mon massage. *Qui* êtes-vous ?

Elle hésita. Pouvait-elle lui avouer son identité ?

— Je sais que mon comportement est parfaitement inapproprié, murmura-t-il dans le silence. C'est aussi pour cela que je voulais rester discret.

Inapproprié ? Était-elle en train de rêver ? Les implications de cette conversation lui donnaient le vertige. Elle se tourna vers lui, abasourdie.

— Si je vous mets mal à l'aise, dites-le-moi. Je peux vous laisser.

— Non.

Elle croisa les bras d'un mouvement frileux, car l'eau brûlante à ses chevilles ne suffisait pas à la réchauffer contre le froid de la nuit.

— Mon père a acheté cet hôtel pour ma mère. Elle l'a appelé comme moi. Cassiopeia. Mes amis m'appellent Sopi.

— Cassiopeia.

Il semblait goûter chaque syllabe, et le mouvement de ses lèvres la fit frissonner.

— Maude est votre mère ?

Il semblait surpris. Sceptique.

— Ma belle-mère. Elle a pris la tête du spa après la mort de mon père. Je n'avais pas encore l'âge de le faire moi-même, et… J'aimerais pouvoir le diriger, maintenant, mais engager des avocats coûte cher. C'est une longue histoire.

Il ne la prendrait peut-être même pas au sérieux. Elle ressemblait à une souillon, dans son uniforme taché.

— J'ai froid. Pourrions-nous…

Il hocha la tête.

— Oui, réchauffons-nous.

Il retira son peignoir, le jeta sur la barrière toute proche, et s'enfonça dans le bassin à pas prudents. Nu, bien sûr.

Elle déglutit, puis leva les yeux vers le ciel en priant pour ne pas mourir d'embarras.

— C'est plus profond que je ne le pensais, lança-t-il.

Il s'assit, immergé jusqu'aux épaules.

— Que faites-vous ? Vous vouliez essayer, n'est-ce pas ?

— *Seule*, oui.

— Oh ! je peux tourner la tête.

Elle plissa les yeux devant son sourire amusé.

Elle portait un soutien-gorge et une culotte qui pourraient très bien lui servir de maillot de bain. Bien sûr, elle se cherchait des excuses pour rester avec lui… Mais elle était aussi flattée de l'avoir intrigué, même pour une seule nuit.

Oserait-elle ?

Oui. Pour une fois, elle avait le droit de se faire plaisir. N'obéir qu'à elle-même. Elle remonta sur la rive pour retirer son pantalon et son T-shirt, puis revint vers le bassin. Elle lui jeta un coup d'œil pour vérifier qu'il ne la regardait pas. Les pierres étaient aiguës sous ses pieds. Une main sur un rocher, elle laissa échapper un soupir en plongeant jusqu'aux épaules dans la chaleur divine de la source.

Le bassin faisait environ un mètre vingt de profondeur, et trois mètres de largeur. Le prince s'était assis face au lac. Sous la surface, son pied buta contre le sien, et il se tourna vers elle.

— Tricheuse, accusa-t-il en remarquant la bretelle de son soutien-gorge.

Incapable de résister à la tentation de l'eau brûlante, elle mit la tête sous l'eau quelques secondes. Ses cheveux noués se figeraient dès qu'elle retrouverait l'air glacé, mais peu importait ; dans la chaleur ambiante, la fatigue douloureuse de la journée s'étiolait déjà. Lorsqu'elle revint à la surface, elle poussa un soupir de bien-être absolu.

— Je n'ai même pas apporté de serviette. C'est l'idée la plus stupide que j'ai jamais eue.

— J'aimerais être un parfait gentleman et vous laisser mon peignoir, mais je ne sais pas si je veux traverser la forêt enneigée dans mon plus simple appareil.

— Effectivement, ce ne serait pas aussi agréable que de s'exhiber sur la terrasse d'un hôtel de luxe…

Il lui offrit un sourire éclatant.

— Avez-vous toujours vécu ici ? Vous êtes canadienne ?

— Oui. Ma mère était suédoise, je crois. Je n'ai pas beaucoup d'informations sur elle. Elle était fille unique et mon père n'aimait pas parler de sa famille. Je ne crois pas que mes grands-parents maternels approuvaient leur mariage.

— Pourquoi pas ?

— Peut-être qu'ils étaient snobs ? Mon père travaillait dans les nouvelles technologies sur le marché européen, à l'époque. Pas très glamour, mais lucratif. C'est avec cet argent qu'il a acheté l'hôtel. Il a commencé à avoir des problèmes cardiaques après la mort de ma mère. Sa vie professionnelle était plus instable, à ce moment-là.

Et Sopi savait que Maude avait menti sur sa situation financière et avait convaincu son père de l'épouser en lui faisant miroiter la nécessité d'avoir une figure maternelle dans la vie de sa fille. Bien sûr, elle n'était intéressée que par son compte en banque et son patrimoine.

— C'est une acquisition surprenante, dans ce cas. Il n'y a même pas de réseau hors de l'hôtel.

— Ma mère venait de m'avoir et se sentait seule dans ce nouveau pays. Mon père voyageait beaucoup, et elle ne connaissait presque personne. Elle ne travaillait pas. Elle adorait les spas reculés de la région, et quand elle est venue ici, le propriétaire parlait de vendre. Mon père a acheté l'endroit pour elle.

— Romantique.

— Pas vraiment : l'hôtel était en mauvais état et très excentré. Mais ma mère savait ce qu'elle voulait et elle a rénové tout le complexe. L'hôtel a été un vrai succès jusqu'à sa mort.

— Que lui est-il arrivé ?

— Pneumonie. Mais changeons de sujet ; j'étais jeune, mais c'est encore douloureux…

— Bien sûr. Je comprends, murmura-t-il gravement.

Elle se souvint d'avoir lu que les parents du prince avaient été tués dans un putsch militaire, des années plus tôt. Lui et son frère avaient dû s'exiler et vivre dans un pays voisin pendant quinze ans. Elle ne doutait pas, soudain, qu'il la comprenne réellement ; que le manque lui perçait toujours le cœur.

Il avait posé ses coudes sur le bord rocheux du bassin et renversé la tête en arrière pour regarder le ciel étoilé. Le ruissellement de l'eau chuchotait le long des pierres, jusqu'au bassin.

— Vous voilà, dit-il avec un sourire. Cassiopeia.

Il montra la constellation dans le ciel sombre. Étrange. Personne n'utilisait jamais son vrai prénom. Elle en était venue à considérer que Cassiopeia, comme l'hôtel, ne lui appartenait plus vraiment.

— Une reine, si je me souviens bien.

Dans la pénombre, elle peinait à lire son expression. Elle était sur le point de mentionner les rumeurs stupides sur la parenté de sa mère, mais se mordit la langue. Il aurait pensé qu'elle tentait de s'élever à son niveau.

— Oui, une reine vaniteuse que les dieux ont attachée à son trône pour l'éternité, répondit-elle finalement. Peut-être suis-je vaniteuse. Petite, j'ai été choquée de découvrir que tout le monde n'avait pas sa propre constellation.

Il rit doucement.

— Je n'en ai pas moi-même.

— Parce que vous êtes une étoile sur terre, ne put-elle s'empêcher de répliquer.

Il tourna son beau visage vers elle, le regard franc. La vapeur s'élevait autour du bassin, mais entre eux, il n'y avait que l'air clair et sec de la nuit.

— Non. Ne mettez pas de distance entre nous.

Elle déglutit difficilement.

— Il y a un continent et un océan entre nous, sire.

Et bien plus encore. Le statut d'un prince, ses responsabilités, en opposition parfaite à son propre manque d'éducation et d'expérience. Elle n'était pas dupe.

— *Rhys*, lança-t-il comme un défi. Si tu as l'intention de te refuser à moi, utilise mon prénom. Je veux être sûr que tu voies au-delà de la couronne.

La riposte était si arrogante qu'elle manqua d'en rire, et pourtant, il lui offrait la familiarité du tutoiement et d'un prénom. Comme s'ils avaient été égaux.

— Je me contentais de souligner l'évidence.

— Il n'y a rien d'évident chez toi. Dans la même situation, les autres femmes me chevaucheraient déjà, que je le veuille ou non. Et tu ne voulais même pas dîner avec moi. Pourquoi pas ?

Parce que je suis lâche.

— Je ne pensais pas que… *tu* étais sérieux. Où est-ce que cela nous mènerait ? Les aventures avec les hommes riches et puissants, ce n'est pas vraiment ma spécialité. Dis-moi, à quoi t'attends-tu ? Pour combien de temps ? Et comment cela finira-t-il ?

Elle croisa son regard saphir. Sa mâchoire brillait comme de l'acier sous la lune. Il jura tout bas et détourna les yeux vers le lac gelé ; mais il ne la détrompa pas.

Elle fit glisser ses mains sur les pierres moussues et s'assit à son tour.

— Tu veux la vérité ?

— Toujours.

— Maude veut que tu épouses Nanette. J'espérais que si je parvenais à faciliter votre union, je pourrais me débarrasser d'elle et de mes demi-sœurs pour de bon, et enfin posséder ce qui me revient.

Après une seconde de silence, interloqué, il laissa échapper un petit rire sans joie. Lorsqu'il baissa le visage vers elle, son regard était dur comme l'onyx.

— J'épouserai la femme que *je* désire. Et ce ne sera pas l'une de tes demi-sœurs, je peux te le promettre.

Son rêve de liberté s'évapora aussi vite qu'il était venu. Et maintenant ? Avait-elle le droit de se rapprocher de cet homme, puisqu'elle n'avait plus rien à perdre ?

— Je ne sais pas ce qui se passera, Sopi. J'aimerais pouvoir te le dire.

Sur ses lèvres, son surnom avait une autre sonorité. Tout à coup, elle voulait tester son prénom.

— Rhys…

La syllabe la fit frissonner. Il leva les yeux vers elle. Et le monde s'altéra soudain. L'air scintillait et la terre se figea. Un picotement brûlait sa nuque, et ses seins se tendirent.

— Cela ne ressemble pas à un refus, *liebling*.

Sa voix la faisait fondre. Au-dessus de l'eau immobile, il lui tendit la main, et elle y glissa spontanément la sienne. Il l'attira à lui d'un mouvement puissant et serra sa paume contre sa poitrine. Avec un murmure de tendresse, il l'accueillit sur ses genoux. La caresse de ses doigts entre les siens la fit frissonner.

— Dis-moi, murmura-t-il. Ressens-tu la même chose que moi, lorsque je te touche ?

— Que ressens-tu ?

La main qu'il avait posée sur ses reins glissa jusqu'à sa nuque. Sous la pression de ses doigts, elle se tourna face à lui, tremblante.

— Je peux te montrer.

Tout proche, il effleura son menton de ses lèvres. Des éclairs d'ivresse la traversèrent au contact de sa barbe, au frôlement de sa peau contre la sienne. Elle attrapa sa mâchoire entre ses mains et pressa sa bouche contre la sienne avec une avidité qu'elle ne se connaissait pas. Ils gémirent à l'unisson lorsque leurs lèvres se séparèrent et se reprirent, plus confiantes. Elle aurait voulu s'abandonner à la passion de son baiser pour toujours. Soudain, sa langue caressa sa lèvre inférieure, rencontra la sienne, et sa saveur la foudroya de plaisir – un sursaut de convoitise qui l'électrisa jusqu'au centre de ses cuisses.

Elle recula pour prendre son souffle, haletante, mais lui revint immédiatement, les doigts enfouis dans ses cheveux, pressant ses lèvres contre les siennes pour l'encourager à la consumer tout entière. Il gronda tout bas et sa voix vibra en elle alors qu'ils s'embrassaient avec plus de ferveur, sauvagement, profondément. Il referma les bras autour d'elle et frotta son torse contre sa poitrine.

La friction avait fait bouger son soutien-gorge, et l'étoffe l'emprisonnait, superflue, un obstacle cruel entre leurs chairs brûlantes. Elle tenta de déjouer le fermoir, mais des doigts confiants rejoignirent les siens et le défirent sans effort. Il l'aida à délivrer ses bras et jeta la brassière dans la neige.

Elle se serra contre lui, et leurs lèvres se trouvèrent à nouveau, voraces. L'eau chaude lécha sa peau pendant que sa paume abandonnait son échine pour glisser contre son omoplate dans un attouchement insolent qui la fit haleter. Elle se tordit ardemment sous ses doigts pour lui offrir sa poitrine nue. Il referma enfin la main sur son sein, en suivit la courbe, en sculpta la pointe, si délicieusement qu'elle en oublia tout ce qui n'était pas sa caresse.

Elle s'entendit gémir et tenta de brider sa voix, mais il pinça doucement son téton et, une fois encore, elle dut reculer pour reprendre son souffle.

— C'est trop ?

Son front s'attarda contre sa tempe lorsqu'elle enfouit son visage dans son cou, serrée contre lui. Son cœur n'était pas le seul à battre à tout rompre dans sa poitrine ; entre ses bras, elle pouvait sentir la vitesse de son pouls, et la raideur de son désir pressée contre sa hanche. Elle se figea, choquée et surprise et… curieuse.

— Je n'ai pas de préservatif, marmonna-t-il. Tu as raison, c'est la meilleure et la pire idée que tu aies jamais eue.

Il trouva son oreille et lécha son lobe.

— Est-ce que tu prends la pilule ? Peut-être que nous devrions monter dans ma chambre.

Fiévreuse, frissonnante, elle eut besoin d'une seconde pour comprendre sa proposition.

— Je… Non, je ne prends rien. Je ne fais pas ce genre de choses. Jamais.

— Ne t'inquiète pas. Je ne suis pas un client, et tu n'es pas une employée. Nous sommes juste deux personnes irrésistiblement attirées l'une par l'autre.

Il la déplaça légèrement sur ses genoux, en émettant

un son qui ressemblait à un grognement tourmenté. Il suça son lobe d'oreille si durement qu'elle manqua en perdre la tête ; ses dents s'étaient refermées sur sa peau, à la frontière de la douleur, et sa morsure la suspendit une seconde dans un état de confiance exaltée, une piqûre d'extase.

Tenter de s'écarter lui ferait mal… ; et elle ne voulait pas lui échapper. Elle caressa sa barbe mouillée et ses pommettes hautes, apaisant le fauve qui la tenait entre ses mâchoires. Son pouls battait dans sa gorge et plus bas, dans le secret de ses cuisses crispées.

— Je veux dire que je n'ai *jamais* fait ce genre de choses, souffla-t-elle. Fait l'amour. Avec qui que ce soit.

Il laissa échapper une exclamation étranglée.

— Tu plaisantes ?

Il plongea sa main dans ses cheveux humides et l'immobilisa face à lui. Son nez frôlait le sien, et ses yeux l'attiraient comme un gouffre sans fond – l'appel irrésistible de l'abysse. Son cœur battait à lui briser les côtes.

— Avec qui aurais-je pu avoir une aventure ? Personne ne m'a jamais troublée comme cela.

— Comment ?

Sa poigne tira doucement sur ses cheveux pour exposer sa gorge. Lorsqu'il lécha son cou, ses tétons se crispèrent à lui faire mal. Elle serra instinctivement les jambes.

— Comme si j'étais en train de brûler, haleta-t-elle. Comme s'il n'y avait que tes mains pour m'apaiser.

Il laissa échapper un petit rire complice, rauque de désir. Cette fois, quand il s'empara de son sein, elle s'arqua contre sa paume. Lentement, sûrement, il pinça la pointe entre ses doigts. Sa caresse était si délicieuse qu'elle se surprit à faire glisser ses dents dans son cou et sucer sa peau en réponse. Elle eut un sursaut de recul et croisa son regard.

— Vas-y, marque-moi, *liebling.*

Il la stimulait plus doucement, un massage tendre du pouce autour de son sein enflammé.

— N'aie pas peur, reprit-il. Je ne te ferai aucun mal.

Il la souleva brusquement contre lui. Ses épaules et sa poitrine crevèrent la surface. La froideur de la nuit la frappa de plein fouet avant qu'il ne referme ses lèvres chaudes autour d'un téton crispé. La brûlure de sa langue et la cruauté de ses dents la secouèrent comme un électrochoc et elle gémit en plongeant la main dans ses cheveux.

Il souffla et lécha sa peau pour adoucir son assaut, et un sanglot d'extase se coinça dans sa gorge. Elle était aveuglée, déchirée par le plaisir. Elle ne savait pas quoi faire. Elle chancelait au bord du gouffre, mais elle était avide de lui. Alors qu'elle s'agrippait à lui, il continua ses caresses, plus tendrement, et sa succion patiente la fit geindre d'un plaisir primitif, le visage renversé en arrière.

Lorsqu'il la laissa de nouveau sombrer sur ses genoux, elle tremblait, pantelante. Son érection était si dure contre sa hanche qu'elle ne pouvait être que douloureuse, n'est-ce pas ? Il respirait lentement, et il ouvrit les cuisses pour qu'elle se love plus intimement contre lui.

— Est-ce que tu veux que je…

Elle ne savait pas. Pas quoi proposer. Pas quoi exprimer. Mais elle brûlait de le toucher.

— Je veux que tu me laisses te faire plaisir, répondit-il.

Il fit glisser sa main sous l'élastique de sa culotte et s'arrêta un instant. L'eau chaude vint laper sa peau nue. Le souffle court, frissonnant d'impatience, elle hocha la tête.

Il tira lentement sur l'étoffe et fit glisser la culotte jusqu'à ses chevilles avant de la jeter hors du bassin. L'abrasion presque imperceptible des poils de ses cuisses contre la chair sensible de sa fesse suffit à la faire soupirer.

— Et maintenant, qu'est-ce que tu ressens, *liebling* ?

Le bout de ses doigts remontait le long de sa cuisse et sur la courbe de sa hanche tandis que les remous de l'eau ondulaient au creux de ses cuisses. Elle peinait à respirer : elle imaginait ses doigts plonger en elle… Elle se tordit sur ses genoux, fébrile, puis enfouit son visage brûlant dans le creux de son cou, sous l'angle de sa mâchoire.

— Je ne suis pas sûre, avoua-t-elle à mi-voix. Je n'ai jamais touché un homme.

— Je t'en prie, je suis tout à toi. Viens…

Avec un petit coup de menton joueur, il se pencha sur elle.

— Je veux t'embrasser encore.

Elle sourit contre sa bouche, exaltée de retrouver la saveur de ses lèvres et de sa langue, la texture enivrante de sa barbe rêche et soyeuse contre sa peau. Timidement, un bras autour de sa nuque, elle laissa sa main libre voguer sur son épaule. Ses muscles étaient durs ; ses pectoraux se crispèrent sous sa paume lorsque ses doigts disparurent sous la surface.

Elle agaça son téton du pouce, et il émit un son bas et rauque de plaisir, si excitant qu'elle s'enhardit, avide de l'entendre à nouveau. Elle se déplaça légèrement et insinua sa main entre eux, contre son ventre, en quête du membre rigide pressé avec insistance contre sa hanche.

Lorsqu'elle referma les doigts sur lui, sa poigne se crispa sur sa taille. Il vint mordre sa lèvre inférieure d'un baiser féroce et elle sentit sa poitrine vibrer sur un grondement de plaisir. Et c'était si… fascinant. Elle bougea la main pour explorer sa longueur, et trouver le rythme qui le ferait haleter d'exquise agonie.

— Je ne te fais pas mal ?

Il lui volait des baisers brefs et affamés.

— Non. Serre plus fort.

Elle baissa les yeux, mais, dans l'eau sombre, elle ne pouvait pas le voir distinctement.

— Je suis un peu frustrée, fit-elle remarquer, amusée.

— Moi aussi.

Il cala son visage dans le creux de son cou. Sous l'eau, sa main effleura le dos de sa cuisse, mais s'arrêta à la barrière de sa jambe pressée contre la sienne. Elle serra les doigts avec plus d'audace. Sa chair pulsait dans sa paume. Il la renversa brusquement en arrière pour l'embrasser avec une passion qui lui perça le cœur. Plus bas, elle se sentait palpiter, prête à l'accueillir, mais il se contenta de frôler insolemment le relief de ses fesses et le creux de ses cuisses, une caresse presque impalpable sur sa chair enflammée.

Elle s'étrangla contre lui et écarta les jambes pour lui faire comprendre ce qu'elle attendait, mais il ne lui répondit qu'avec un grognement de satisfaction et sa main caressa sa hanche, l'intérieur de sa cuisse, jusqu'à ce qu'elle vienne à son tour mordre sa lèvre pour punir sa torture.

Lorsque les doigts de Rhys, fermes et assurés, trouvèrent enfin le centre de son plaisir, elle gémit contre sa bouche. Sous sa caresse intime et brûlante, elle était vaincue. Elle brisa leur baiser, le souffle court, et leurs regards s'accrochèrent.

— Faisons cela ensemble, d'accord ? haleta-t-il.

Elle hocha la tête avant de serrer les dents sur un cri réprimé. Il n'avait laissé qu'un doigt sur elle et la massait savamment. Il trouva sans peine son point le plus sensible.

— Continue à me caresser, *liebling.* Ta main… me fait le même effet.

Il accentua la pression de ses doigts, et son massage l'emporta sur les ailes d'une extase inarticulée. Elle tremblait, abandonnée, contre son épaule nue ; elle resserra inconsciemment sa poigne autour de lui, plus frénétique, jusqu'à ce qu'il émette une exclamation rauque dans son cou et donne un coup de reins instinctif.

— Comme ça, oui.

Son murmure vibrait de pure ivresse.

— Tu vas me tuer…

Il ne lui laissait aucun répit, continuait de l'attiser lentement.

— Je serais heureux de mourir ici, reprit-il. Ce soir, ici, avec toi.

C'était l'expérience la plus incroyable de sa vie, une communication purement physique, une osmose charnelle. Sentir ainsi son plaisir aussi intensément que le sien.

Pendant quelques secondes, il fut le monde tout entier.

Plus rien n'avait d'importance, seulement sa main au cœur de sa féminité, la pulsation de sa jouissance au creux de sa paume, la puissance rassurante de son corps contre sa peau. La tension se noua dans son ventre, dans son corps entier. Elle lécha sa chair et l'embrassa sans retenue ; elle voulait lui montrer à quel point elle chérissait cet instant. Il la torturait sans pitié, et la sensation était exquise, et elle aurait voulu qu'il ne s'arrête jamais. D'un mouvement subtil, il la souleva légèrement et sa caresse se fit exploratrice. Ses muscles se serrèrent lorsqu'il la pénétra de son doigt. Prête à s'embraser, elle se sentit pourtant frissonner, et il mordilla tendrement sa lèvre avant de la réconforter d'un baiser. Puis sa main trouva le rythme qu'elle attendait tant.

Des étoiles brillaient sous ses paupières. Elle l'attrapa fermement dans son poing fermé et s'arqua contre lui pour bouger à l'unisson, au rythme double de ses doigts et de ses reins. La fièvre la submergea. Un goût de métal explosa sur sa langue – elle avait peut-être mordu sa lèvre. Il n'avait même pas sursauté : il continua sa caresse sauvage jusqu'à ce qu'ils sombrent tous les deux dans les ténèbres divines de la jouissance.

4.

Peut-être les eaux de la source étaient-elles aphrodisiaques. Rhys n'avait jamais joui avec tant de force, et malgré la douleur sourde, il ne voulait qu'une chose : tirer Sopi à califourchon sur ses genoux et se perdre en elle jusqu'à l'inconscience.

Il la berça tendrement contre sa poitrine, le cœur battant, le souffle court. L'esprit en ébullition. Faire l'amour toute la nuit n'était pas viable dans la forêt canadienne.

Faire l'amour… avec une vierge belle comme une nymphe. Il ne mettait pas en doute son manque d'expérience, mais il était abasourdi qu'une femme si passionnée n'ait pas trouvé d'exutoire à sa sensualité.

« Personne ne m'a jamais troublée comme cela. »

Lui non plus, et la révélation le heurta de plein fouet. Il n'avait jamais connu une extase si complète. Il était déjà déchiré – oh, il savait qu'il n'avait pas le droit d'aller plus loin avec elle. Mais une partie de lui, affamée et égoïste, ne voulait que la posséder encore et encore. Se frotter contre elle jusqu'à ce qu'ils tombent en poussière. Elle était étrangement dangereuse, cette déesse sans artifices.

Il se redressa brusquement, et elle sursauta sous l'assaut de la nuit froide sur sa peau humide. Il se baissa pour la déposer sur le banc de pierre. Elle cligna des yeux, surprise, les lèvres gonflées et brillantes de leurs baisers avides, cachée à son regard jusqu'aux épaules.

— Je vais aller te chercher une serviette et un peignoir, dit-il en se hissant hors du bassin.

La morsure glaciale du vent lui éclaircit les idées.

— Ce n'est pas la peine…

— Cela me fait plaisir, insista-t-il en passant son peignoir. Je reviens dans deux minutes.

Encore sous le choc de ce qu'elle venait de vivre avec le prince, Sopi resta immobile contre le rebord du bassin. Le corps souple et las, elle savourait l'intense satiété qui réchauffait son âme. Elle ne s'était jamais sentie aussi merveilleusement… satisfaite.

Pourtant, un pincement d'angoisse lui mordit le cœur lorsqu'il la quitta brusquement. Au bout de quelques minutes, un malaise croissant attaqua sa bulle de quiétude. Pourquoi l'attendait-elle ici, nue, impudique, comme une courtisane attend le retour de son empereur ?

Lorsque le crissement de ses pas lui parvint, elle se redressa, et sa bouche trembla sur un sourire hésitant.

Mais ce n'était pas lui. C'était un de ses gardes du corps.

Il portait sur son bras une serviette et un peignoir.

— Le prince regrette de ne pas pouvoir vous apporter ces quelques affaires en personne. Il vous contactera demain.

Il déposa la serviette et le peignoir dépliés sur la barrière qui entourait la source, puis recula et lui tourna le dos.

— Que faites-vous ? demanda-t-elle, horrifiée qu'il ne reparte pas.

— Je m'assure que vous rentriez sans encombre.

Son embarras se mua en fureur.

— Tout ira bien. *Partez*.

— Sauf votre respect, j'ai des ordres. Prenez votre temps.

Tremblante de rage, elle se redressa d'un mouvement brusque. Que pouvait-elle bien faire ? Bouillir dans la source chaude jusqu'à ce que mort s'ensuive ? Elle n'avait pas d'autre choix que de s'incliner, comme d'habitude. Et pourquoi Rhys n'était-il pas revenu tout seul ? L'avait-elle déçu ? En avait-il donc déjà terminé avec elle ? Parce qu'elle n'avait pas *réellement* fait l'amour avec lui ?

Torturée par la honte et la révolte, elle se hissa hors du bassin et enfila le peignoir sans prendre la peine de se sécher. Elle serra ses vêtements contre sa poitrine, et lança un coup d'œil aux congères qui flanquaient la source. Elle devrait revenir le lendemain pour retrouver ses sous-vêtements.

Sans autre forme de procès, elle passa la barrière et partit en trombe vers son chalet ; le garde du corps, étonné, se mit à trotter à sa suite.

— Mademoiselle ?

Elle l'ignora et ne leva pas les yeux lorsqu'elle atteignit enfin son perron. Elle ouvrit la porte et la claqua dans la figure du pauvre homme avant de la verrouiller de l'intérieur.

Les yeux secs et brûlants, les cheveux encore gelés, elle s'adossa contre le battant pour reprendre son souffle.

Quand Rhys était arrivé dans le spa éteint, Nanette essayait d'abuser de son rang à l'entrée de la piscine.

— Je suis la propriétaire ! J'ai le droit d'aller où bon me semble, insistait-elle.

Il s'avança prestement ; elle ne devait pas remarquer qu'il débouchait du couloir de service.

— Votre mère *prétend* en être propriétaire, lança-t-il.

Nanette accusa le choc, une seconde, avant que son masque de froideur ne se métamorphose en sourire mielleux.

— Bien sûr, Votre Majesté, c'est ce que je voulais dire. Ma mère *est* la propriétaire. Quand j'ai vu votre garde à l'entrée, j'ai voulu m'assurer que vous ne manquiez de rien.

— Rien d'autre que le respect de ma solitude.

Le sourire sucré se figea sur ses lèvres et elle détourna les yeux. Il attendit patiemment qu'elle les relève, et la récompensa de son regard le plus impérieux.

— Je vous laisse, dans ce cas, lâcha-t-elle enfin, les dents serrées.

— Bonne idée.

Il attendit qu'elle disparaisse dans le couloir ; il savait qu'elle hanterait son étage pour s'assurer qu'il se couchait seul. Il se tourna vers son garde du corps et lui demanda à mi-voix d'apporter une serviette et un peignoir à Sopi.

Rhys n'agissait que très rarement sans réfléchir aux conséquences. Il avait eu la présence d'esprit de ne pas aller jusqu'au bout avec Sopi, Dieu merci ; et il protégerait le secret de leur liaison tant qu'il n'en comprendrait pas les ramifications. Il n'était pas dupe. Les retombées ne seraient pas positives pour Sopi, pas dans sa situation actuelle.

Elle lui avait laissé entendre qu'elle était la propriétaire légitime de l'hôtel, sinon légalement, du moins moralement. Son père avait acheté la propriété pour sa mère, qui l'avait restaurée avec amour, et Maude essayait maintenant de s'en débarrasser en son propre nom.

Les portes de l'ascenseur coulissèrent à son étage, et il aperçut Nanette, assise dans une alcôve toute proche, un livre ouvert sur ses genoux, un de ses escarpins tombé au sol.

— Bonne nuit, susurra-t-elle en faisant tourner une mèche autour de son index.

Avec un hochement de tête, il entra dans sa suite, et traversa immédiatement la pièce vers la baie vitrée. Peut-être apercevrait-il un mouvement à travers les arbres… Mais la forêt resta immobile. Agacé, il attrapa le dossier de Maude.

« Engager des avocats coûte très cher », avait déclaré Sopi.

Elle avait raison, mais heureusement, il avait autant de contacts que de ressources.

Au matin, Sopi se réveilla dans l'angoisse. Elle ne regrettait pas ses actes : elle avait eu envie de Rhys, après tout. Cependant, elle avait l'impression insidieuse de s'être laissé séduire par un beau discours, et d'avoir rejoint les rangs d'innombrables conquêtes aussitôt oubliées.

Au moins, personne n'en saurait rien. Elle se dépêcha de retourner sur les lieux du crime, mais l'équipe de maintenance avait déjà refermé la barrière et récupéré ses sous-vêtements. Elle n'avait plus qu'à prier pour qu'ils s'en débarrassent plutôt que de les déposer aux objets trouvés.

Son portable explosait déjà de messages urgents. Concentrée sur les retards de livraison et le matériel endommagé, elle passa devant le bureau de Maude tête baissée, et ne remarqua sa belle-mère que lorsque celle-ci cria son nom d'une voix glaciale. Elle réprima une grimace.

— Bonjour.

— Deux amies de Fernanda arrivent à Jasper dans une heure. Elles n'ont pas envie d'attendre la navette. Peux-tu aller les chercher ?

Sopi ne prit pas la peine de demander pourquoi Fernanda ne s'en chargeait pas. C'était une excuse comme une autre pour disparaître pendant trois heures, et le trajet était toujours très beau. Quelques minutes plus tard, elle prenait la route dans les rayons dorés du petit matin.

Bien sûr, Maude ne lui avait pas donné les bonnes informations sur le vol des nouvelles arrivantes. Sopi profita de l'attente pour acheter les fournitures qui manquaient à l'hôtel, passer dans quelques boutiques, puis s'assit dans l'aéroport pour répondre à ses messages et à ses e-mails.

À l'arrivée de l'avion, Sopi découvrit que Fernanda avait en réalité invité dix de ses amies, et qu'elles avaient déjà réservé une navette privée. Agacée, elle rentra seule à l'hôtel.

Rhys avait grandi au sein d'un palais rongé par les intrigues politiques, et les manigances puériles de Maude lui faisaient l'effet, en comparaison, d'un méprisable jeu d'enfant. Vendre l'hôtel sans en informer la personne qui en serait directement affectée ? Pitié.

Mais la situation prendrait un tournant décisif lorsqu'il entrerait dans la partie. Que son intimité avec Sopi touche déjà à sa fin l'enrageait, et s'il ne pouvait aller plus loin avec elle, il avait du moins la possibilité de la sauver des griffes de sa belle-mère. Il était convaincu que Maude chercherait un autre acheteur s'il refusait l'opportunité. Par conséquent, il ne lui restait qu'à faire une offre.

Rhys envoya son garde du corps chercher Sopi. Il voulait lui parler de la vente et l'inclure dans les négociations. Peut-être pourraient-ils trouver un autre arrangement, par la même occasion. C'était sans doute impossible, mais…

Lorsque son garde du corps revint avec ses sous-vêtements précieusement emballés et la nouvelle qu'elle venait de quitter l'hôtel dans un véhicule de fonction, il dut se faire violence pour réprimer son irritation.

Ils avaient si peu de temps !

Il était d'une humeur massacrante lorsque Gerard toqua à sa porte et entra avec sa tablette.

— J'ai relayé l'identité de la belle-fille à nos contacts, sire. Vous n'allez pas y croire. Les enquêteurs du palais ont exploré les antécédents des Brodeur et…

— Maude est en cavale pour détournement de fonds ? railla Rhys.

— Non, sire. Maude ne semble pas avoir de casier judiciaire. Mais la mère de Cassiopeia est une Basile-Munier.

Rhys releva brusquement la tête.

— Vous plaisantez. Leur famille s'est éteinte.

Et pourtant, son sang ne fit qu'un tour lorsqu'il attrapa la tablette pour lire le rapport, l'acte de naissance, et l'article d'un historien venu au spa quelques années plus tôt. L'homme avait essayé de prouver que la propriétaire était l'enfant du dernier Basile-Munier. Le prince avait quitté la sphère publique après une tentative d'assassinat. Lui et sa femme auraient eu une fille assez tardivement, et l'héritière se serait ensuite mariée sans l'accord de sa famille. Selon le certificat de mariage et l'enquête menée sur la propriété, l'héritière en question était la mère de Sopi.

— Si nous pouvons nous procurer un prélèvement, un test ADN nous confirmera son identité, expliquait Gerard. Mlle Brodeur semble être la dernière survivante de la lignée. Toutefois, si vous le permettez, je vous encourage à cliquer sur la dernière pièce. Vous verrez que la grand-mère, la mère et la petite-fille se ressemblent à s'y méprendre.

Rhys baissa les yeux sur les photographies des deux femmes. Elles avaient les pommettes hautes de Sopi, son menton volontaire, les mêmes cheveux sombres et épais, et ses grands yeux bruns.

Un long silence tomba sur la pièce. Il avait l'impression d'avoir été frappé au visage. C'était trop facile. Trop parfait. La vie ne pouvait pas être si clémente. Pas avec *lui*.

Et pourtant, le sang rugissait dans ses veines, la fièvre lui tournait la tête. Il pouvait la choisir. Il *allait* la choisir. La décision était d'une logique imparable. Il aurait dû se battre pour une roturière, mais une aristocrate ? Elle serait accueillie sans une seule objection. Mieux encore, elle était une princesse perdue, dont l'histoire ferait rêver leurs sujets et détournerait leur attention de Henrik. Son frère pourrait s'éclipser sans encombre pour suivre son traitement.

— Gerard, je ne veux plus négocier le prix de l'hôtel. Je veux finaliser la vente et le contrat le plus vite possible.

Le jeu qu'il avait voulu jouer contre Maude n'avait plus lieu d'être. Il ne lui restait qu'un merveilleux coup de poker. Gerard établit le contrat final dans l'heure qui suivit. Maude avait accepté que le transfert de propriété reste confidentiel jusqu'à ce que Rhys ne l'annonce. Il l'avait informée qu'il garderait le personnel mais n'avait pas besoin d'une présidente marketing, ni d'une ambassadrice de la marque. Ces personnes – en l'occurrence,

Nanette et Fernanda – devraient donc quitter leur suite avant la fin de la semaine.

— Votre mari avait acheté l'hôtel pour sa femme ? demanda-t-il pendant que Maude signait le contrat.

Savait-elle que Sopi était de sang royal ?

— Tout à fait. Si je ne me trompe pas, elle avait reçu un héritage qui lui a permis de le rénover. Nous ne parlions que rarement de nos précédentes unions. Je suis ravie de vous laisser l'endroit, en toute honnêteté. Je m'en suis occupée par nostalgie, mais c'est trop de travail pour moi.

Pendant que Gerard vérifiait les documents une dernière fois, Rhys proposa à Maude :

— Voudriez-vous, vous et votre famille, vous joindre à moi pour dîner ?

— Oh ! Nanette et Fernanda seraient enchantées.

Elle ne prenait donc même pas la peine de mentionner Sopi, ni sa contribution journalière dans les activités de l'hôtel, ou l'impact que la vente aurait sur son existence. L'irrespect absolu que Maude avait pour sa belle-fille le faisait bouillir. Mais il l'avait prise à son propre piège, et un frisson d'excitation le parcourut à l'idée qu'il serait personnellement témoin de sa défaite.

Pourquoi se sentait-il si intensément impliqué dans cette affaire ? Si *attaché* à Sopi ? S'il devait ressentir quoi que ce soit, ce n'était que la satisfaction tranquille d'avoir trouvé la meilleure solution pour protéger son frère. La fierté d'avoir découvert une opportunité précieuse et de l'avoir saisie.

Mais, même après l'achat du spa, la frénésie de Rhys ne s'apaisa pas. Il marchait de long en large dans sa suite, conscient que Sopi serait furieuse lorsqu'elle découvrirait la vente… Et que cette révélation serait la moins bouleversante de la soirée.

Au retour de Sopi, Maude se contenta de rire de sa mésaventure.

— Oh ! tu sais que Fernanda est très distraite lorsqu'elle est excitée. Il faut dire que le prince les a invitées à dîner, elle et Nanette.

Piquée au vif par un mensonge aussi éhonté, Sopi dut se mordre la langue pour ne pas riposter. Oh ! elle aurait pu lui parler du prince, elle aussi. Lui apprendre qu'il n'était absolument pas intéressé par ses filles. Mais elle ne voulait pas parler du prince. Ses souvenirs l'avaient torturée toute la journée. Aujourd'hui, à la lumière du jour, elle avait peur de s'être comportée comme les femmes dont il avait parlé avec tant de lassitude ; celles qui fondaient sur lui comme des oiseaux de proie, qu'il le veuille ou non.

Elle tenait la réception lorsqu'un beau jeune homme l'approcha et s'enquit :

— Cassiopeia Brodeur ?

— Appelez-moi Sopi. Comment puis-je vous aider ?

— Je suis l'assistant du prince, Gerard. J'ai quelque chose pour vous.

Il fit glisser une enveloppe estampillée sur le bureau. Son cœur rata un battement et elle cacha l'enveloppe sous le rebord du comptoir pour masquer le tremblement de ses mains.

— Merci, murmura-t-elle, les joues brûlantes.

Elle aurait voulu détourner les yeux, mais se força à soutenir son regard et garder son sourire.

— Il voudrait aussi votre numéro.

Il lui tendit son portable, déjà ouvert sur l'écran d'un contact à son nom. Elle haussa les sourcils. Vraiment ? Rhys l'avait allègrement abandonnée après leur petite sauterie. Elle n'avait pas l'intention de réitérer l'expérience, si c'était ce qu'il avait en tête.

— Peut-être devriez-vous lire son message, suggéra Gerard en voyant son expression de défi.

Elle sortit la carte de l'enveloppe, un papier luxueux, couleur ivoire, aux bords bruts, et embossé de ses armoiries. Son stylo-plume avait creusé des sillons impatients sous ses lettres élégantes, malgré la brièveté du message.

Mais où étais-tu donc aujourd'hui ?

Dînons ensemble.

Pas d'excuses.

Elle se mordit la lèvre et replaça la missive dans son enveloppe avant de lever les yeux.

— À 19 heures, dans la salle de restaurant, avec le reste de votre famille. Puis-je lui donner votre assentiment ?

Avec le reste de sa famille ? *Hum…*

Il dut lire l'hésitation sur son visage.

— Si quelque chose vous trouble, n'hésitez pas à m'en parler. Je suis là pour éliminer toutes vos difficultés.

Pouvait-il la débarrasser de sa famille, alors ?

— Je serai là, dit-elle sans savoir si elle était sincère.

Sur un coup de tête, toujours vexée par l'attaque de Nanette, elle avait acheté une nouvelle robe en ville. Elle avait eu l'intention d'aller la rapporter la prochaine fois qu'elle irait à Jasper, mais…

— Excellent. Si vous le voulez bien… ?

Gerard lui tendit une nouvelle fois le téléphone. Elle hésita, puis tapa son numéro. Il l'appela, et sourit lorsqu'une sonnerie retentit dans la poche de son uniforme.

— N'hésitez pas à me contacter si vous avez besoin de quoi que ce soit, conclut-il.

Peut-être pouvait-il l'aider à fomenter un plan d'attaque pour l'affrontement qui s'annonçait ? Elle passa la fin de l'après-midi à chercher un prétexte pour éviter le dîner, douloureusement consciente de l'enveloppe glissée dans sa poche, et des mots impérieux de Rhys.

Pas d'excuses.

Pourquoi trouvait-elle son impatience irritée si rassurante ? Pourquoi pensait-elle encore à lui, un sourire secret aux lèvres ?

À 18 heures pile, Maude lui passa un coup de téléphone.

— Sopi, nous avons un problème en cuisine. Il faut que tu retournes en ville, ou nous ne pourrons pas organiser le buffet du petit déjeuner demain matin.

Comme c'était commode. Maude lui offrait une excuse sur un plateau d'argent, mais une partie d'elle se cabra à l'idée de faire le jeu de sa belle-mère.

— Oh ! mais nous sommes censées dîner avec le prince ce soir, n'est-ce pas ? s'enquit-elle innocemment. Il m'a invitée personnellement. Je ne voudrais pas être impolie.

Une pause s'étira délicieusement à l'autre bout du fil.

— Je pensais que tu déclinerais l'invitation, siffla-t-elle finalement. Tu n'as pas l'habitude de t'associer avec nous.

— Eh bien, ce soir, je vais me joindre à vous. Je n'ai pas souvent l'opportunité de dîner avec la royauté.

Elle raccrocha promptement et tira la langue au téléphone.

Mais la fébrilité lui serrait l'estomac pendant qu'elle se préparait. Ses cheveux, qu'elle portait toujours attachés, étaient devenus ridiculement longs et lui arrivaient à la taille. Légèrement ondulés, ils chatouillaient son dos nu, où la robe était ajourée jusqu'à ses reins.

Les magazines de ses demi-sœurs avaient tenté de lui inculquer que ses hanches étaient trop larges et sa poitrine trop modeste, mais la robe, sans manches, avec son col montant, équilibrait élégamment sa silhouette. Elle ne portait pas vraiment de maquillage en temps normal, mais ses joues étaient pâles de nervosité, et elle les teinta d'un soupçon de rose avant de passer une touche de gloss sur ses lèvres. Elle se contenta de la paire de talons noirs qu'elle portait lorsqu'elle travaillait en salle.

Quand elle croisa son regard dans le reflet du miroir, sa nervosité se mua en véritable angoisse. Pour qui se prenait-elle ? Elle n'avait aucune chance. Elle n'arriverait jamais à la cheville de Nanette et Fernanda. Pire encore, ils la trouveraient tous ridicule d'avoir fait tant d'efforts.

Elle s'apprêtait à retirer ses chaussures quand Gerard lui envoya un message pour la prévenir que le prince venait de faire envoyer une escorte. Une précaution complètement inutile, mais qui la ramena sur terre. Elle ne pouvait pas perdre courage ; elle devait affronter ses adversaires, jusqu'à ce qu'elle puisse rendre coup pour coup.

Elle avait supporté les ordres de Maude et le snobisme de ses demi-sœurs parce que l'alternative était la fuite. Mais Cassiopeia était son foyer ; elle le défendrait jusqu'au bout.

Rhys avait trouvé la femme qu'il voulait épouser. Cette certitude aurait dû le soulager, or l'appréhension lui nouait l'estomac. Il avait l'intuition que le combat ne faisait que commencer. Gerard lui avait assuré que Sopi avait accepté son invitation. Et si elle changeait d'avis ? Si elle n'était pas là ? Elle était devenue si importante pour lui qu'il craignait l'intensité de sa propre réaction.

Il traversa la galerie qui surplombait le hall et menait à la réception du restaurant. À l'instar de ses ancêtres chevaliers, il était prêt pour la bataille, le sang rugissant à ses tempes.

Le brouhaha s'éteignit comme une flamme lorsqu'il entra dans le restaurant. Les clients se levèrent à l'unisson en prenant soin de ne pas faire crisser les chaises. Quelques femmes firent mine de s'avancer ; l'une d'elles trébucha.

Les Brodeur l'attendaient près de la réception et la tension qui régnait entre elles le heurta comme un coup de bélier. Sopi était là, pâle, le menton levé de défi. Une poigne de fer lui serra le cœur.

— Mesdames.

— Votre Altesse, murmurèrent les demi-sœurs en chœur.

Sopi se raidit et évita obstinément son regard. Bien sûr : Maude lui avait parlé de la vente. Et Sopi était furieuse.

Il resta impassible, mais il aurait voulu prendre son menton entre ses doigts et la forcer à lever les yeux vers lui. Pourquoi laissait-elle ces femmes tirer avantage d'elle ? Ne comprenait-elle donc pas *qui* elle était ?

Non, bien sûr que non. Elle n'en savait rien. Ils le lui avaient tous caché. Il avait envisagé de l'annoncer ce soir même, au milieu du restaurant, mais la colère douloureuse qu'il lisait sur le visage de Sopi le fit changer d'avis. Il ne pouvait pas le lui apprendre en public. Elle lui en voudrait un peu plus longtemps, et il ne pouvait supporter sa rancœur.

Néanmoins, il ne se sentait pas coupable d'avoir poursuivi la vente en secret. Ses recherches l'avaient amené à découvrir ses origines, après tout. Il était grand temps qu'elle connaisse et profite de son statut légitime.

— Venez, mon prince, roucoula Maude. Nous avons choisi une table à l'écart. Sopi ?

— Par ici.

Sopi ne sourit pas, et sa voix était aussi froide et acérée qu'une stalactite. Mû par un réflexe inné, il manqua de proposer son bras à Maude et à sa fille aînée, mais il se reprit de justesse et les dépassa sans pitié. Les yeux fixés sur Sopi, sur le mouvement hypnotique de ses cheveux et le balancement de ses fesses, il la suivit entre les tables.

Bon Dieu, cette *chevelure*. Comment avait-elle osé lui cacher une chose pareille ? Il aurait pu passer des heures à regarder l'ébène cascader sur ses épaules. Heureusement que l'hôtel était envahi par les femmes, parce qu'il aurait stupidement provoqué en duel le premier homme qui aurait posé le regard sur elle. Il leva les yeux au ciel, agacé par cette possessivité soudaine. D'où lui venait donc un instinct si primitif ? Une sauvagerie à laquelle il n'avait jamais laissé libre cours. Mais peut-être s'éteindrait-elle lorsque Sopi serait sienne.

Il s'installa en tête de table, Maude à sa droite, Nanette à sa gauche. Sopi s'assit près de Maude, et foudroya Fernanda du regard, qui se contenta de hausser les épaules.

— J'aimerais vous remercier de votre hospitalité,

annonça-t-il pendant qu'un serveur lui versait du champagne. Je pars demain.

— Ne vouliez-vous pas rester jusqu'à la fin de la semai… ?

Mais Fernanda avait déjà levé son verre.

— Et nous partons aussi, dans quelques jours ! *Enfin* !

Sopi s'étouffa sur son champagne. Tous les regards convergèrent vers elle.

— Vous êtes tous des ordures, lança-t-elle.

Une exclamation choquée s'éleva des tables alentour.

— Sopi ! Je te rappelle que tu t'adresses à un prince ! s'exclama Maude avec horreur.

Rhys réprima un sourire, heureux de constater que Sopi savait finalement se défendre ; elle en aurait besoin.

Elle se leva d'un mouvement brusque et croisa enfin son regard ; dans ses yeux brûlants, il reconnut la douleur de la trahison, et une fureur enflammée. Elle leva son verre, mais avant qu'elle ne puisse lui jeter le reste de son champagne à la figure, son garde du corps attrapa violemment son poignet.

— Lâchez-la, aboya Rhys en se levant à son tour.

L'agent la délivra et Sopi fit un pas en arrière ; de colère, elle jeta la flûte sur le sol. Le verre vola en éclats.

— Allez tous au diable !

Elle fit volte-face et s'enfuit.

— *Certaines personnes* ont vraiment besoin de revoir leur bonnes manières, ricana Nanette.

Rhys appuya ses paumes sur la table et se pencha vers les trois femmes.

— Un coup de couteau dans le dos ne mérite qu'un châtiment égal, déclara-t-il d'une voix glaciale. Oubliez le dîner et allez réunir vos affaires. Je veux que vous ayez quitté mon hôtel avant minuit.

Il ignora leurs exclamations outrées et lança un signe de tête à l'intention de Gerard. Son assistant s'assurerait d'accélérer leur départ. Dans le tumulte des commérages et sous le regard des curieux, il traversa la pièce à son tour et ordonna à son garde du corps de le mener au chalet de Sopi.

Comment avait-elle pu être aussi stupide ? Elle avait cru que son humiliation avait atteint son apogée lorsque Rhys l'avait oubliée à la source, mais la vérité était bien pire : leur passion n'avait été qu'un leurre, une façon de l'écarter des machinations de Maude. Des machinations que *le prince* avait encouragées.

Bien sûr… Bien sûr qu'elle ne l'avait jamais intéressé. Il s'était joué d'elle comme un prédateur s'amuse avec sa proie avant de l'achever. Une chape de plomb pesait sur sa poitrine, mais elle refusait de crier, de pleurer, de laisser libre cours aux sanglots qui lui nouaient la gorge.

Maude n'avait même pas eu l'intention de lui apprendre la nouvelle ce soir-là ; peut-être attendait-elle que Sopi prépare d'abord leurs valises. C'était Fernanda qui avait craché le morceau par inadvertance.

Sopi avait accusé le choc, bouche bée. Puis le prince était apparu à la porte du restaurant, sous le regard énamouré de ses prétendantes. Elle avait réagi machinalement, bougé comme un automate. Le seul rêve qu'elle avait jamais entretenu venait de disparaître en fumée. Le seul foyer qu'elle avait jamais eu ne lui appartiendrait jamais de droit.

L'improbable fantasme qu'un prince – un prince, pour l'amour du ciel ! – puisse la regarder avec autre chose qu'une indifférence dédaigneuse lui avait glissé entre les doigts comme une poignée de sable. Il ne lui restait que la consolation amère de la désillusion.

Elle claqua la porte de son chalet, retira ses chaussures d'un geste furieux, puis tira sur la robe qu'elle avait achetée en pensant à lui. On avait laissé des livraisons pour elle en son absence. Bien sûr, il y avait toujours plus de travail, toujours plus de tâches insignifiantes dont *elle* devait se charger. Avec une exclamation de frustration, elle donna un coup de pied nu dans le carton le plus proche.

Le bruit sourd d'une paire de bottes sur son perron lui fit relever la tête. La porte s'ouvrit à la volée, sur un tourbillon de neige et de vent glacial. C'était *lui*. L'instrument de sa ruine. Elle se faufila jusqu'à la mezzanine pour l'éviter.

En contrebas, elle entendit la porte se refermer. Elle jeta un regard dans la pièce à vivre, les doigts crispés sur la rambarde. Il marqua une pause en découvrant le capharnaüm et les cartons bosselés. Il était sans doute trop bien pour le quartier des domestiques. Il attrapa sa robe sur le parquet.

— Je vous en prie, faites comme chez vous, railla-t-elle.

Il leva les yeux vers elle. Sous son regard, elle se sentit brusquement transparente, comme s'il avait pu voir ses rêves idiots à travers sa défiance de façade. Comme s'il la *connaissait*. Elle ravala un sanglot et se détourna à la hâte.

Les marches de l'escalier craquèrent derrière elle pendant qu'elle passait rapidement un pull et un jean. Arrivé à l'étage, il s'attarda sur les meubles d'occasion. Soudain, devant lui, il lui sembla que le chalet se délitait ; que le confort se muait en dénuement. Honteuse, elle reprit :

— Je plaisantais, tu sais. Ce que je voulais dire, c'est *dégage de chez moi*.

Il déposa sa robe sur le pied de son lit.

— Continuons cette conversation dans ma suite.

— Oh ! j'adorerais vous obéir au doigt et à l'œil, Votre Altesse, mais j'ai des valises à faire et un logement à trouver.

— Mon équipe s'occupera de tes affaires. Chaussettes ? s'enquit-il en indiquant ses pieds nus.

— Je n'irai nulle part avec toi.

— *Liebling*, je te porterai jusqu'à l'hôtel s'il le faut. Je ne veux pas discuter avec toi ici.

— Je n'ai pas honte de la façon dont je vis ! mentit-elle. On doit parfois faire des concessions quand son entourage a plus de pouvoir que soi !

— Je le sais bien !

La mâchoire crispée, il prit une profonde inspiration.

— Je le *sais*. Mais cet endroit me rappelle celui où j'ai vécu en exil. Je ne veux pas rester ici. Mais je veux te parler. Vais-je devoir te porter ?

Troublée par son honnêteté, elle hésita une seconde ; il haussa un sourcil, prêt à mettre sa menace à exécution. Elle déglutit ; elle ne pouvait que coopérer, n'est-ce pas ? Le chalet était trop exigu pour les émotions explosives qui la secouaient, et pour la gravité qui émanait de lui. Elle trouva une paire de chaussettes, puis s'assit sur les marches pour mettre ses bottes, consciente de sa proximité.

— Je ne vois pas ce que nous pourrions avoir à nous dire.

— Tu serais surprise, promit-il.

Il la suivit à l'extérieur. Son garde du corps les flanqua jusqu'à l'hôtel et bloqua l'accès à l'ascenseur. Elle évita obstinément les regards curieux sur le chemin.

Il la fit entrer dans sa suite, et attendit avec elle à la porte pendant que son garde du corps faisait un rapide contrôle de sécurité. Rhys invita l'agent à attendre devant la porte.

— N'autorisez l'accès qu'à Gerard, et seulement si c'est une question de vie ou de mort.

— Compris, sire.

Une fois la porte fermée, Rhys poussa un soupir de soulagement. Sopi croisa les bras et avança jusqu'à la fenêtre. La vue donnait sur le bassin, rempli à cette heure-ci de femmes à moitié nues.

— J'étais ici la semaine dernière, à ranger les affaires de Nanette et Fernanda pour te laisser leur suite. Mais je me trompais. Vous avez fomenté cette vente derrière mon dos, et j'ai été assez idiote pour vous faciliter la tâche.

— Si elles sont encore là dans trois heures, je les jetterai dehors en personne.

Surprise, elle remarqua soudain sa tension, et la rage qui brûlait dans ses prunelles.

— Pourquoi es-tu si en colère contre… ?

Il leva une main pour l'interrompre, et prit une seconde pour retirer sa veste de costume et dénouer sa cravate.

Il attrapa ensuite une liasse de documents sur le large bureau, et laissa tomber l'un des dossiers sur la table basse.

— Voilà une copie du contrat que Maude a signé ce matin.

Son regard la transperça.

— C'est le transfert légal de l'hôtel à ton nom.

5.

— Pardon ?

Poussée par un sursaut d'excitation, Sopi fit un pas avant de s'arrêter net. Non, c'était trop beau pour être vrai. Un cadeau pareil avait forcément des conditions.

— Pourquoi ? demanda-t-elle.

Les yeux de Rhys étaient d'un bleu plus intense, son regard, acéré comme une lame. Sa barbe soulignait le relief de sa joue lorsqu'il serra les mâchoires.

— Hier soir, tu m'as demandé où nous allions.

— Nous n'allons nulle part. Tu as été parfaitement clair sur ce point quand tu as décidé de me laisser seule dans la forêt.

Et pourtant, son cœur battait la chamade.

— Nanette rôdait devant le spa. J'ai préféré envoyer mon garde du corps. Je voulais te protéger d'elle.

— Mon héros, railla-t-elle. Et c'est aussi ce que tu fais ce soir ?

— Oui, rétorqua-t-il d'une voix rude comme du papier de verre. Nanette savait que j'étais avec une femme hier soir. J'aurais pu lui dire la vérité, mais je voulais nous donner du temps. *Me* donner le temps de répondre à ta question.

— Et c'est ta réponse ? Acheter la maison de mon enfance derrière mon dos ?

L'intensité de sa souffrance la laissait pantoise ; comment était-il parvenu à la blesser si facilement, si *profondément* ? Malgré leur bref moment de passion, ils ne se connaissaient pas réellement. Pourquoi était-elle si bouleversée ?

— Je voulais t'en parler, mais tu n'étais pas là. Mettons-nous d'accord ; à partir de maintenant, assure-toi d'avoir toutes les informations dont tu as besoin avant de m'en vouloir.

Il était calme, certain de son innocence. Elle étouffa un petit rire amer.

— Oh ! d'accord. Je prendrai soin de ne plus me mettre en colère contre toi. Tu sais, parce que *nous n'allons jamais nous revoir* ?

— Garde quelques bonnes ripostes pour plus tard. Nous avons beaucoup de choses à nous dire, je ne voudrais pas que tu t'essouffles avant la fin.

Elle serra les poings, tremblante de fureur.

— J'ai le droit d'être en colère, Rhys ! Tu as acheté un domaine que l'on m'a *volé* !

Elle le rejoignit en deux enjambées et le martela d'un index accusateur.

— Et tu oses me l'offrir comme si tu me faisais une faveur ? Grand seigneur ! Mais j'imagine que tu veux une récompense en retour, n'est-ce pas ? Quel genre de perversion avais-tu en tête ? La virginité est une commodité précieuse, de nos jours, c'est bien cela ?

Elle s'élança vers la porte, mais il fondit sur elle et referma doucement sa main sur la sienne. Enfermée entre ses bras, elle sentit son souffle caresser ses cheveux. Le velours de sa voix fit courir un frisson sur sa nuque.

— C'est un cadeau de mariage.

— Pour qui ? s'exclama-t-elle en essayant de lui envoyer un coup de coude dans l'abdomen.

— Pour *toi*.

Il la fit pivoter face à lui et l'accula contre la porte.

— Maintenant, calme-toi avant que mon garde du corps n'essaie d'enfoncer la porte. S'il te touche, je serai forcé de le tuer, tu sais.

— Tu as vraiment perdu la tête. Je ne vais pas t'épouser !

Elle pressa ses avant-bras contre sa poitrine pour creuser l'espace entre eux, trop éberluée pour être intimidée.

— Nous nous connaissons depuis *deux* jours. Comment peux-tu proposer une chose pareille ?

— Je n'ai pas la chance de pouvoir attendre.

Il l'étudiait avec attention. La chaleur, la solidité de son corps contre le sien la troublaient malgré elle, et elle détourna le visage avec obstination, décidée à le rejeter, à lui résister.

— Tu serais venue avec moi dans ma chambre hier soir. N'est-ce pas ?

L'ensorcellement de sa voix était irrésistible.

— Si tu étais revenu et me l'avais proposé… Oui.

Elle leva le menton sans honte, mais, intérieurement, son aveu lui brûla la gorge. Oh ! elle se détestait.

— Pourquoi ? Comptais-tu me demander en mariage à ce moment-là ? railla-t-elle pour se donner du courage.

— Je ne pensais à rien d'autre qu'à t'avoir dans mon lit.

— Romantique.

Elle le poussa fermement, mais il était inébranlable.

— Mais tout a changé pendant que tu jouais à cache-cache ce matin.

— Je faisais mon *travail*.

Avec horreur, elle entendit sa voix se briser. Il poussa un soupir de compassion et caressa sa pommette de son pouce.

— Maude était déterminée à vendre l'hôtel, Sopi. Quelqu'un d'autre lui aurait acheté la propriété, tôt ou tard. Réjouis-toi que je m'en sois chargé.

— J'aimerais que vous cessiez *tous* de me donner des ordres.

— S'il te plaît, ne me mets pas dans le même panier que ta belle-famille.

Il frôla sa joue pour glisser une mèche derrière son oreille, et sa voix s'adoucit lorsque leurs regards s'accrochèrent.

— Écoute-moi. Ta vie aurait été bouleversée dans tous les cas. Que tu le veuilles ou non, j'essaie d'amortir ta chute. Avec un coussin en velours et des broderies de fil d'or.

Ses mots, joueurs, étaient d'une assurance sans faille. Il avait raison. Sa vie ne serait plus jamais la même. Son monde s'était brisé. Son cœur trembla dans sa poitrine et elle le poussa plus farouchement.

— Laisse-moi passer !

Il attendit une seconde, puis recula légèrement, le regard scrutateur. Elle serra les bras autour d'elle et fit quelques pas dans la pièce. Elle avait besoin d'espace, pour réfléchir, pour calmer son angoisse. Un mariage ? Vraiment ?

— Je veux me marier par amour. Pas pour *obtenir* quelque chose, et encore moins quelque chose qui devrait déjà m'appartenir.

— Je voulais que tu sois présente pendant les négociations.

Une pointe de fatigue s'était immiscée dans sa voix. Il avança vers le bar et servit deux verres de whisky.

— Si j'avais pu, j'aurais simplement engagé les avocats dont tu avais besoin pour combattre Maude. Je voulais te proposer un partenariat commercial en échange. Mais nous n'avions pas le temps. Qui plus est, toutes mes démarches financières sont examinées de près. Je ne peux pas impunément payer les frais de justice d'une inconnue, ou lui offrir un hôtel. Mais acheter cette propriété pour ma future femme, en revanche…

Elle secoua la tête, toujours sidérée. Et pourtant, pourtant… Une petite part d'elle-même pouvait s'imaginer à la tête de l'hôtel. Ses amis auraient tous des postes stables. Le spa, géré de manière responsable, serait un atout pour le village tout proche. Une vague d'excitation la menaçait.

Mais pourquoi elle ?

— Est-ce que tu as besoin d'une carte de séjour ? Est-ce que ce serait un… faux mariage ?

Il rit doucement.

— Pas du tout.

— Donc tu me demandes sincèrement de t'épouser. Et si j'accepte, tu me donneras l'hôtel et le spa. La propriété sera à mon nom, et j'aurais tous les droits.

— Si tu viens vivre avec moi et fais le nécessaire pour avoir mes enfants, oui, répondit-il avec un sourire amusé.

La proposition était absolument ridicule. Malgré tout, ses propos attisèrent une myriade d'images sulfureuses, tandis qu'un frisson d'anticipation la parcourait.

— Mais pourquoi ? Pourquoi moi ?

Elle leva les yeux vers lui, et il lui sembla voir l'éclair de leur sensualité partagée dans ses yeux bleus.

— Je te l'ai déjà dit. Je te veux dans mon lit.

— Pitié, tu ne peux pas prendre une décision aussi importante pour du sexe. Tu as d'autres motivations.

Il plissa les yeux, et son regard clair se fit plus prudent.

— Il y a d'autres raisons. Je veux bien te les donner, mais elles doivent absolument rester entre nous.

— Et si je ne veux pas garder tes secrets ?

— Tu vas porter mon nom et mes enfants. Tu te *dois* de garder mes secrets.

Il l'observait au-dessus de son verre, énigmatique.

— Tu as conscience de l'excentricité de ta proposition ?

— Excentrique, peut-être, mais c'est une offre honnête. Tu devrais l'accepter avant que je ne change d'avis.

Elle ricana.

— Tu es sans pitié.

La remarque était taquine, mais elle savait instinctivement qu'elle ne se trompait pas.

— Je fais le nécessaire pour obtenir ce que je veux. Tu as le même pragmatisme, même si tes efforts t'ont menée dans une impasse. Je suis impatient de découvrir ce que tu peux accomplir lorsque tu poursuivras des objectifs réellement importants.

— C'est mon *foyer*. C'est important pour moi.

— Alors prends-le. Il est à toi.

— Vraiment ? Je n'ai qu'à accepter ta demande en mariage et…

Elle jeta un coup d'œil aux documents qui l'attendaient toujours sur la table.

— Je ne compte pas promettre quoi que ce soit avant d'avoir lu l'intégralité de ces contrats.

— Bien sûr. L'audit préalable est toujours indispensable, répondit-il avec un sourire narquois.

Il l'invita à s'asseoir d'un mouvement souple. Elle s'assit avec précaution, posa son verre, et attrapa les feuillets. Rhys lui tournait le dos et buvait son whisky en silence, les yeux fixés sur la vallée.

Son indifférence était peut-être une façon d'asseoir sa dominance, mais elle était soulagée qu'il ne la dévisage pas pendant qu'elle comparait les deux contrats. Ils étaient identiques, à l'exception de l'échange monétaire sur celui de Maude, et la mention que le sien ne prendrait effet que le jour de son mariage.

— Je veux devenir propriétaire dès nos fiançailles. *Si* je décide d'accepter ta demande, bluffa-t-elle, persuadée qu'il refuserait son caprice.

— Très bien. À condition que nos efforts pour assurer la succession commencent dès l'annonce de nos fiançailles.

Il pivota vers elle, le regard taquin, amusé par sa surprise.

— Contentons-nous d'une poignée de main pour le moment. Il n'est pas nécessaire d'ajouter les détails de la conception dans le contrat.

Il lui tendit un stylo. Lorsqu'elle le prit entre ses doigts, sa main tremblait.

— Est-ce que tu es vraiment sérieux ?

— Modifie la date. Signe le contrat. Je t'expliquerai pourquoi je veux t'épouser. Tu accepteras ma demande, et Cassiopeia t'appartiendra.

Tout… Tout allait trop vite. Elle secoua la tête.

— Et si nous nous fiançons et que je change d'avis ?

— J'espère que tu me donneras ton accord en toute bonne foi. C'est mon cas, en tout cas.

Et il voulait qu'elle… partage son lit. Et elle avait envie

de lui, elle aussi. Une part d'elle-même lui chuchotait de signer pour lui. Pour le toucher et l'enlacer et l'embrasser…

Elle déglutit. Quoi qu'il en soit, elle aurait été stupide de refuser une proposition pareille. Quelle était l'alternative ? Lui laisser l'hôtel pendant qu'elle tentait de traîner Maude en justice pour récupérer une partie du prix de vente ? Maude allait quitter le pays dans quelques heures et elle-même n'aurait certainement pas assez d'argent pour la poursuivre.

Elle pouvait laisser une chance à Rhys. Elle modifia le contrat puis apposa sa signature en bas de la page ; la tête lui tournait lorsqu'elle se leva pour lui rendre les documents.

Il signa à son tour, puis releva le visage. Elle se détourna, troublée par l'intensité de son regard. Elle devait éviter de songer à la gravité de sa décision. Elle attrapa son verre et avala une gorgée brûlante de whisky pur.

— La parole est à toi, Rhys. Dis-moi quel genre d'époux je peux obtenir pour le modique prix d'un spa.

— Sopi, ne sois pas si défaitiste, plaisanta-t-il en avalant le reste de son verre. Tu vas y gagner plus qu'un hôtel. Tu seras riche, puissante, célèbre. L'attention du public est épuisante, mais c'est un atout très efficace, particulièrement dans le cadre des projets de charité. Je me suis dit que cela t'intéresserait.

— Pourquoi ? Tu ne me connais pas.

— Et pourtant, j'en sais plus que toi.

L'assurance cryptique de sa voix lui donnait l'impression d'avancer en terrain miné.

— Tu ne veux pas posséder cet hôtel pour le développer ou t'enrichir, mais parce que c'est ta maison. Tu veux protéger tes employés et travailler à leurs côtés parce que tu les apprécies. Tu ne les chargerais jamais de faire quelque chose que tu ne ferais pas toi-même. De fait, tu prends soin d'inconnus mieux que tu ne prends soin de toi-même.

— Je fais juste mon possible pour le bien de l'hôtel.

— Tu es altruiste et dévouée. Tu en auras besoin.

— Être généreuse ne veut pas dire que je suis prête à avoir des enfants.

Elle avait appris le travail d'équipe parce que son père l'avait toujours envoyée chez des amis lorsqu'il partait en voyage. Elle ne voulait pas être un fardeau, et elle avait toujours donné un coup de main quand l'occasion se présentait. Puis son père s'était remarié, et elle avait espéré qu'il resterait plus souvent à la maison, qu'ils vivraient enfin comme une vraie famille. Bien au contraire, son père s'était montré plus absent encore, dans l'espoir de sauver son commerce et de financer les goûts de luxe de Maude. Et Sopi avait appris la leçon. Si elle avait un jour des enfants, elle se serait d'abord assurée qu'elle pourrait leur fournir toute l'attention dont ils avaient besoin.

— Si je pouvais nous donner plus de temps, je le ferais, Sopi. Mais la situation est urgente. Mon frère est malade. Les médecins ont dépisté son cancer car lui et sa femme avaient des difficultés à concevoir.

— Oh. Je suis désolée.

Elle hésita, sonnée par la nouvelle, mais désireuse d'aller à lui pour lui offrir un geste de réconfort. Comme il était raide, un masque impassible au visage, elle réprima son réflexe.

— Ils explorent les alternatives de traitement en ce moment même. Nous espérons qu'il y survivra, mais même dans ce cas-là, il sera sans doute stérile. Je suis *de facto* son successeur, donc j'ai besoin d'un héritier, et d'un cadet. L'expérience prouve qu'ils peuvent être utiles, railla-t-il.

Il s'était resservi un verre et prit une longue gorgée.

— Connais-tu l'histoire de Verina ? Les partisans de ma famille n'ont jamais été aussi nombreux, mais nous avons toujours des détracteurs prêts à bondir. Nous ne pouvons pas nous permettre de montrer nos faiblesses. Je dois protéger le trône avant que la maladie de mon frère ne soit découverte.

— Je comprends l'urgence, mais je ne comprends pas pourquoi tu m'as choisie.

La gorge encore brûlante de liqueur, elle toussota, mal à l'aise. Après tout, il risquait de devenir roi ; et elle avait bien du mal à s'imaginer à son bras.

— Tu, hum… Ton fils ou ta fille régnera sans doute sur Verina, poursuivit-elle. Et des milliers d'aristocrates seraient ravies de porter tes enfants. Une petite centaine t'attend dans *cet* hôtel.

— C'est vrai, et j'avais l'intention de choisir l'une d'entre elles. Ma position nécessite que j'épouse une femme d'ascendance noble.

Il l'observait toujours avec attention, et cette fois, elle soutint son regard.

— La femme de Henrik, Elise, est fille de diplomate. Elle a reçu la même éducation qu'une noble, mais son père n'a pas de titre, et mon frère a dû se battre longtemps pour pouvoir l'épouser.

— Alors…

Alors elle-même ne serait *jamais* à la hauteur, et il devait bien s'en rendre compte. Elle avait l'impression que le sol se dérobait sous ses pieds et soudain, elle comprit avec horreur qu'elle *aimait* l'idée de se marier avec lui.

— Personnellement, je me fiche des lignées. Je veux simplement épouser une femme qui sera honnête et intègre, plutôt qu'une personne comme tes demi-sœurs. Et je préférerais partager mon lit avec une femme que je désire réellement.

Comme s'il avait mis feu à ses veines, elle sentit la chaleur de son désir monter à ses joues et pulser entre ses cuisses. Un frisson piqueta sa nuque.

— Je n'ai même pas l'éducation de ta belle-sœur. Je suis une parfaite plébéienne. Tu es vraiment prêt à te battre bec et ongles, simplement pour me voir nue ?

Il ne rit pas de sa plaisanterie. Son expression se fit plus grave encore. Lorsqu'il reprit la parole, sa voix était solennelle.

— Sopi, tu n'es rien de tout cela. Ta mère était la fille du prince Rendor Basile-Munier. Il avait été rétabli dans ses droits après la chute de l'URSS, mais une tentative d'assassinat l'a poussé à fuir en Suède, où il a passé le restant de ses jours.

Elle déglutit avec difficulté, glacée jusqu'aux os. Ce mariage n'arriverait pas. Rhys avait seulement entendu la rumeur…

— Oh ! Rhys. Quelqu'un t'a raconté des bêtises. Ce ne sont que des histoires de village, murmura-t-elle.

Il inclina le visage, curieux.

— Et tu n'y as jamais cru ?

— Bien sûr que non ! Si ma mère était une princesse, je le saurais ! Un de nos clients est venu interroger mon père sur les origines de ma mère. Il prétendait faire des recherches historiographiques, mais mon père m'a toujours dit qu'il avait tout inventé. Ma mère le lui aurait dit, si elle avait été de sang royal. J'étais petite, et l'idée m'a plu, et j'en ai parlé à quelques employés, qui en ont plaisanté à leur tour, et l'histoire s'est transformée en légende urbaine.

— Tu ne comprends pas ; c'est la vérité. L'historien dont tu parles est un universitaire de renom. Malheureusement, il est mort avant la publication de son ouvrage. C'est pour cela que ton héritage n'est pas publiquement reconnu. Néanmoins, les services de renseignement du palais n'ont pas eu de difficultés à retrouver le texte et d'autres preuves annexes.

Elle secoua la tête, fébrile.

— Non, non. Mon père l'aurait su.

— Pas si le prince a fait le nécessaire pour cacher leur identité afin de protéger sa famille.

— Non, Rhys.

— Leur propriété en Suède est toujours à leur nom. Le gardien y vit gratuitement. Il a fourni des documents à nos enquêteurs. Mon équipe cherche le moyen d'exécuter un test ADN, mais ils sont déjà satisfaits des preuves qu'ils ont réunies. Regarde les photos de ta grand-mère…

Il lui tendit son portable. Sur l'écran, une femme portait un insigne et une tiare ; et elle lui ressemblait comme deux gouttes d'eau. Elle manqua lâcher son verre vide, qu'elle posa sur le contrat, les doigts tremblants.

Elle se rassit sur le sofa et prit son visage dans ses mains. Non, non. Le monde tournait soudain dans le mauvais sens.

— Je me doutais que tu ne le savais pas, commenta-t-il.

— Mais ce n'est pas possible, Rhys. Est-ce que Maude est au courant ?

— Je ne lui en ai pas parlé. Mais si je me souciais de son existence, je serais impatient de lui apprendre que tu vas devenir ma femme et que son futur dépendra exclusivement de ta charité.

Elle releva la tête d'un mouvement convulsif.

— Mais je ne peux pas t'épouser ! Je ne peux pas déménager en Europe ! Je ne peux pas me transformer en princesse du jour au lendemain !

— Tu es *déjà* une princesse, rétorqua-t-il, impitoyable. Et je suis exactement le genre d'époux que ton statut exige.

— Mais tu ne peux pas *me* vouloir ! Je…

— Bien sûr que si.

Il s'assit sur une chaise toute proche, penché vers elle. Il appuya son genou contre le sien. Il prit son menton entre ses doigts pour qu'elle lève les yeux vers lui.

— Je t'ai expliqué ce que risquent ma famille et mon pays. Bien sûr que je veux me fiancer à une princesse perdue. La presse sera folle de nous.

Elle n'en croyait pas ses oreilles. Chaque nouvelle information la laissait pantoise.

— Sopi, tu es idéale.

— Non, pas du tout !

D'un geste fébrile, elle montra son jean, son gros pull.

— Tu le deviendras bien assez vite.

— Tu ne m'écoutes pas !

— Je t'écoute, Sopi. Tu es choquée que ta mère t'ait caché ton héritage. Tu as peur que cet endroit te manque, parce que c'est ton seul lien avec tes parents. Tu as peur de devenir ma femme parce que tu te sens perdue et intimidée.

— J'ai peur de *toi*, corrigea-t-elle. Comment puis-je te faire confiance alors que tu ne me laisses pas le choix ?

— Tu as le choix. Veux-tu déchirer le contrat ?

Non, mais elle ne contrôlait plus rien, pas même son *identité*, et la seule réaction possible était la révolte. Il poussa un soupir, visiblement désireux d'apaiser la tension qui crépitait entre eux.

— Je ne suis que le messager, Sopi.

— Tu te proposes d'être mon *mari*. Peut-être que cela ne te dérange pas d'épouser une inconnue, mais…

— Nous ne sommes pas des inconnus, murmura-t-il.

Sa voix s'insinuait dans les fissures de ses défenses ; elle se sentait chanceler, entre lassitude et panique.

— C'est vrai ; *tu* sais tout de moi. Mais tout ce que je sais de toi, c'est que tu aimes te baigner nu et que tu obtiens toujours ce que tu veux !

Il la scruta un moment en silence, puis étouffa soudain un petit rire. Il se redressa en hochant la tête, comme s'il lui concédait ce dernier point. Il attrapa prestement son téléphone.

— Gerard ? Nous aimerions dîner. Savez-vous quand Francine arrivera à l'hôtel ? Parfait. Faites-la monter, dans ce cas. Je veux que Sopi la rencontre.

— Qui ? demanda Sopi quand il raccrocha.

— La nouvelle directrice de l'hôtel, en attendant que tu appointes la personne que tu désires.

— Tout va trop vite, Rhys.

— Je sais.

Sa compassion était sincère. Il la rejoignit et caressa tendrement sa joue. Sa paume était chaude sur sa peau. Malgré sa méfiance, elle se laissa aller contre sa main, rassurée par sa proximité. Elle aurait voulu se jeter dans ses bras. Il était son dernier repère dans un univers en ruines.

En entendant des murmures dans le couloir, il alla ouvrir la porte pour laisser entrer une femme d'âge moyen en tailleur élégant. Si elle souffrait du décalage horaire, elle n'en montrait rien. Elle lui serra la main avec assurance, un sourire chaleureux aux lèvres. Rhys clarifia :

— Francine fera l'intermédiaire en attendant que la passation soit finalisée et que tu prennes les commandes.

— Je compte observer le fonctionnement de l'établissement pendant la première semaine, puis vous communiquer mes recommandations. Je me suis installée dans le bureau et me suis familiarisée avec l'équipement. Je voulais commencer par une inspection dès demain, si cela vous convient ? proposa Francine.

Sopi leva les yeux vers Rhys.

— Je n'ai pas le budget nécessaire pour l'engager.

Peut-être après un an ou deux ans d'économies, mais pas maintenant, alors que Maude avait vidé les coffres.

— Mais si. Quand la presse aura eu vent de nos fiançailles, cet hôtel attirera un monde fou. Vous pouvez commencer votre inspection dès demain, ajouta Rhys à l'intention de Francine. Francine est extraordinaire. Même si tu décides de rester ici, je te recommande de la garder.

Sopi ouvrit la bouche, mais des larmes lui nouaient la gorge. Comme s'il avait deviné son émotion, il reprit d'une voix adoucie :

— Nous reviendrons dans quelques mois, Sopi. Les pistes ont accepté ma proposition d'achat, mais ils veulent finir la saison. Tu pourras t'installer ici pendant que je finalise la transaction.

C'était une maigre consolation, mais elle s'y raccrocha éperdument.

— Tu le promets ?

— Bien sûr.

Avec l'impression de fermer irrémédiablement la porte sur son ancienne vie, elle lança un timide hochement de tête à Francine. Celle-ci sourit et les quitta au moment même où le room service arrivait avec leur dîner.

Une fois le chariot à l'intérieur du salon, Sopi se mit machinalement à arranger les plats sur la table. Rhys entreprit de l'aider et elle leva les yeux vers lui, surprise.

— Je peux m'en occuper, dit-elle.

— Moi aussi. J'ai été serveur, tu sais.

— Quand ?

— Quand j'en ai eu besoin.

Il maniait les nombreux couverts avec aisance.

— Je connais cette transition, Sopi. J'en ai fait l'expérience, dans les deux sens. On ne m'a pas laissé le temps de faire mes valises ou de m'inquiéter de qui que ce soit d'autre que de mon frère, à l'époque.

Il parlait d'une voix plus froide, comme s'il prenait soin de tenir ses souvenirs à distance.

— J'ai lu sur Internet que tu avais dix ans au moment de la révolution. Je ne comprends pas comment ils ont pu justifier un tel crime.

— Le pouvoir est un aphrodisiaque. Les révolutionnaires considéraient que mon père n'avait rien fait pour Verina. Après sa mort, le pays a compris la différence entre un souverain qui sert son pays, et des autocrates qui l'exploitent.

Il avait parlé sévèrement, le visage soudain austère.

— Je suis désolée. Comment vous en êtes-vous sortis, ton frère et toi ? Où avez-vous fui ?

Personne n'avait été là pour lui tenir la main et lui offrir un coussin de velours, sans aucun doute.

— Il y a un lac près de notre frontière française. Quelques domestiques se sont échappés et nous ont emmenés. Les autorités françaises nous ont placés en détention par mesure de protection, mais plusieurs États se sont querellés sur notre statut pendant les premières années. Certains voulaient partir en guerre en notre nom, mais leur véritable objectif était de prendre possession de Verina. Nous ne l'avions pas compris à l'époque ; nous voulions simplement retrouver nos vies.

— Tu veux dire que vous étiez des otages politiques ?

— Des pions. Des orphelins bien traités, et une justification comme une autre pour leurs plans d'attaque. Finalement, un ami de mon père, un diplomate suisse, a réussi à obtenir notre garde. Il a supervisé notre éducation et s'est assuré que nous comprenions les politiques du continent et la situation de Verina. Nous avons compris que nous ne pouvions pas accepter l'assistance d'un quelconque gouvernement, si ce n'était le droit fondamental de nous déplacer librement. Henrik avait seize ans, et moi quatorze, lorsque nous avons pris notre indépendance.

— Et c'est à ce moment-là que tu as vécu…

— Modestement, oui. C'était une période frustrante. Nous étions conscients d'avoir été utilisés et manipulés pendant des années. Ceux que nous avions considérés comme des alliés n'avaient opéré que pour leur propre bénéfice. Pire encore, nous étions assez matures pour comprendre combien Verina avait souffert de la situation. Il ne s'agissait pas simplement de réparer nos vies, mais aussi celles du peuple auquel nous devions notre protection. Je ne sais pas comment Henrik a supporté un tel fardeau. Nous travaillions en dehors des cours, simplement pour pouvoir payer le loyer d'un appartement miteux et nous nourrir de conserves. Mais mon frère était déjà digne de son futur titre. Il s'est occupé de nous, et il a fait des choix difficiles quand il le fallait.

— Mais tu étais là, et tu le soutenais. C'est important.

— D'une certaine façon, j'étais devenu ce que nous détestions tous les deux. Je me jouais de la politique et je cherchais une issue dans les disparités sociales. Mais, finalement, les manifestants de Verina ont imposé une véritable élection. Quand le gouvernement légitime a été restauré, nous sommes revenus… Et nous avons dû nous transformer en souverains du jour au lendemain.

— Et vous avez toujours des ennemis ? Es-tu en danger ?

— Pas plus que tout dignitaire. Nous sommes même assez populaires. Comme nous avons connu la vie du peuple, beaucoup nous considèrent comme des inspirations.

Et, grâce à mon frère, Verina est de nouveau prospère ; Henrik est un emblème de notre résilience nationale. Toutefois, la stabilité du pays est un travail quotidien.

Et cette stabilité serait mise en péril par la maladie de son frère. Le fardeau de Rhys était si lourd : son inquiétude pour Henrik, ses responsabilités de souverain, et ses souvenirs tragiques. Elle resta un moment silencieuse.

— Je ne t'ai pas raconté tout cela pour minimiser ta souffrance, Sopi. Je veux simplement que tu comprennes que je peux être ton guide et faciliter ta transition. Je l'ai vécue. Je connais les écueils et je sais comment les éviter.

— Pourquoi ne puis-je pas rester ici et… être moi-même ?

— Est-ce vraiment ce que tu veux ?

Sa moue désapprobatrice la frappa en plein cœur.

— Tu as la chance de changer de vie, de saisir ce qui t'appartient de droit, et tu veux continuer de récurer le sol ? Tu ne peux pas être si lâche, Sopi.

6.

Sopi le foudroya du regard.

— Lâche ? Je croyais que tu étais au-dessus des insultes.

Malgré sa moue boudeuse, il était heureux de la voir riposter, de dépasser déjà le chagrin.

— Tu es déjà une mauvaise influence, *liebling*, fit-il en souriant.

— Ce n'est pas drôle.

— C'est vrai. Et je suis réellement furieux que ton grand-père n'ait pas voulu reprendre ce qui lui revenait de droit. J'ai vécu la même chose. Je veux que tu te battes pour ce qui t'appartient.

— Tu comprends l'ironie de cette situation, pas vrai ?

— Je ne m'excuserai pas d'avoir acheté cet hôtel. C'était moins cher et plus rapide que d'engager des avocats. Et moins public, également.

Il tira sa chaise pour elle.

— S'il te plaît. Assieds-toi. Mange. Prends ton temps.

— Je… Je n'ai pas faim, marmonna-t-elle.

— Apprenons à nous connaître. Je veux que tu me fasses confiance.

Après une brève hésitation, elle finit par hocher la tête et se laissa tomber sur la chaise. Il resta derrière elle, fasciné par ses beaux cheveux encore coincés dans son col roulé. La tentation le tenaillait depuis qu'elle était entrée dans la suite. Impulsivement, il y glissa la main et les délivra avec précaution. Une fois libérées, les ondulations sombres se déroulèrent entre ses doigts, et elle frissonna sous sa caresse.

— N'envisage même pas de les couper sans m'en parler.

— Même ma coupe de cheveux te concerne, maintenant ?

Mais sa voix tremblait. Elle n'était plus sur la défensive. Il enroula ses cheveux autour de son poignet et l'attira doucement en arrière pour embrasser sa tête.

— C'est un caprice d'amant, *liebling*. Juste de l'humour.

— Nous ne sommes pas amants.

Il aurait voulu la contredire immédiatement, lui prouver que leur alchimie était inexorable, que leur union physique était aussi inévitable, aussi irrésistible que leur mariage. Mais il devinait le frisson d'angoisse qui vibrait sous son insolence, et sa fragilité secrète lui serra le cœur.

Il essayait à tout prix de la protéger de cette nouvelle réalité, mais elle en souffrait tout de même – et sa méfiance lui faisait l'effet d'un uppercut.

Il relâcha ses cheveux et les regarda se dérouler sur la courbe de sa poitrine. Lorsqu'il posa les mains sur ses épaules, il sentit sa tension, celle d'un animal prêt à s'enfuir.

— Je ne vais pas te forcer, Sopi. Détends-toi.

Ses épaules se détendirent légèrement, et, alors qu'il l'abandonnait pour prendre place face à elle, il crut voir un éclair de déception sur son visage. Elle ne savait pas quoi penser, n'est-ce pas ? Pas comment réagir.

— Tout ira bien, Sopi. Je te le promets.

Il prit la bouteille de vin ouverte dans le seau d'argent, essuya la condensation avec la serviette, et la servit.

— Devenir ta femme… Qu'est-ce que cela signifie ?

Elle avala deux gorgées avant qu'il ne lui propose de trinquer. Il leva tout de même son verre.

— La cérémonie, ou notre vie commune ? Les deux seront truffées de règles protocolaires et de traditions royales, j'en ai bien peur. Mais nous nous façonnerons une intimité malgré tout. Mon frère et Elise y sont parvenus.

Il souleva la cloche et révéla un plat d'élan braisé à la sauge, accompagné d'un risotto aux épinards.

— Pourrions-nous divorcer si cela ne fonctionne pas ?

— Je n'entreprends jamais rien en envisageant l'échec. À moins d'une trahison impardonnable, je sais que nous saurons surmonter les obstacles. Mais, oui, le divorce est légal à Verina.

— Et le bébé ? demanda-t-elle en prenant sa fourchette.

— *Les* bébés, si nous avons de la chance.

— De la chance ? Alors tu veux vraiment des enfants ? Ou ce n'est qu'une autre obligation, comme ton mariage ?

Sous la pression de son regard farouche, il ne put s'empêcher de détourner les yeux. Perdre ses parents était son souvenir le plus douloureux. La simple notion de perdre Henrik le tourmentait jour et nuit. Elle avait raison de douter de lui sur ce point.

— J'ai toujours été hésitant à l'idée de fonder une famille, avoua-t-il. J'étais heureux de laisser ce privilège à Henrik. Je crois qu'il a toujours eu la fibre paternelle. Il voulait des enfants avec Elise. La nouvelle de leur stérilité les a beaucoup fait souffrir. D'une certaine façon, je m'en veux de devoir procréer de mon côté. J'ai l'impression de les trahir.

Elle se détendit, peut-être touchée par sa sincérité.

— Et penses-tu que cela affectera la façon dont tu verras tes propres enfants ?

— Absolument pas. Je ne sais pas quel genre de père je serai, mais j'essaierai de faire honneur au mien. Il était attentionné. Parfois austère et exigeant, peut-être, mais également encourageant et drôle.

— Mon père travaillait beaucoup, mais quand il était à la maison, nous riions sans arrêt et il était fier de mes réussites les plus anodines. Il disait toujours que je gérerais Cassiopeia avec brio.

— Pourquoi ne pas t'emmener en voyage ?

— Il m'a proposé de m'envoyer en pensionnat en Europe, mais mes amis étaient ici. Je pensais que nous avions tout le temps devant nous…

Elle baissa les yeux sur son verre de vin.

— Mais ce n'était pas le cas.

Non… Le temps était un ennemi qui les menaçait tous.

— Et quelle est ton opinion sur les enfants ?

— Je crois que j'ai toujours voulu avoir une famille nombreuse. C'est une chose qui me manque beaucoup, surtout depuis la mort de mes parents.

Elle tenta de lui sourire, mais un masque de tristesse tirait ses traits. Il ne put s'empêcher de tendre la main, paume ouverte, pour lui offrir sa compassion. La reconnaissance de leur affinité. Que deviendrait-il si son frère disparaissait ? Si les vestiges de sa propre famille mouraient avec lui ?

— Je prendrai soin de tes enfants, Sopi. Je te le promets.

— Je te crois, mais je…

Elle baissa les yeux sur sa main offerte. Elle avait toujours les doigts crispés sur sa fourchette.

— C'est… ridicule, mais je voulais me marier par amour.

Ah, l'amour. Même lui et ses richesses ne pouvaient lui acheter ce cadeau-là. Il se méfiait des passions trop intenses.

— Je n'ai jamais été amoureux. Je ne suis pas sûr d'en être capable. Mais je suis persuadé que nous nous porterons une véritable affection.

— Je ne sais pas si c'est suffisant, murmura-t-elle en posant ses couverts. J'ai vraiment *peur*, Rhys.

— Je sais.

— Mais je ne veux pas être lâche.

— Avoir peur ne fait pas de toi une lâche. Le courage, c'est continuer malgré l'angoisse.

Il ouvrit les doigts, les yeux plongés dans les siens.

— Tu es mon égale, Sopi. Fais-moi confiance. Nous le leur prouverons, ensemble.

Son égale. Oui. Non pas un reflet de lui-même, mais une pièce complémentaire, la promesse d'une symbiose. Il n'avait jamais pensé qu'une telle affinité soit possible. L'intuition de leur complicité le faisait presque frémir et taraudait sa conscience. Il devait se souvenir que cette alliance était une responsabilité royale, une offrande à son frère. Pas une impulsion égoïste.

Sans le lâcher du regard, elle se mordit la lèvre et tendit enfin le bras vers lui. Sa paume hésita une seconde, toute proche, tiède et tremblante ; il ne la toucha pas, déterminé à lui prouver sa patience. Enfin, très lentement, elle déposa sa main dans la sienne. Il referma les doigts sur elle, d'une poigne possessive et assurée, et quelque chose enflamma ses veines. L'impression vertigineuse de reprendre son souffle après la noyade. Il inspira profondément, puis, lentement, amena sa main à ses lèvres pour embrasser ses phalanges.

— Bienvenue dans votre nouvelle vie, princesse.

À sa secrète déception, Rhys ne chercha pas à l'accompagner dans sa chambre. Elle sombra bien vite dans un sommeil agité, et se réveilla plus épuisée que jamais, l'esprit confus. Au petit déjeuner, elle signa le mémo annonçant à ses employés qu'elle était la nouvelle propriétaire de l'hôtel et que Francine serait sa directrice jusqu'à nouvel ordre. Puis, Gerard leur apporta la copie du communiqué de presse. L'article la présentait comme l'héritière perdue des Basile-Munier, apatride, et fiancée au prince Rhys Charlemaine de Verina. Elle s'installerait au palais de Verina avec son futur mari immédiatement.

— Laisse ton téléphone à Gerard. C'est lui qui répondra aux messages, proposa Rhys en voyant son portable vibrer.

Il avait pris sa main moite et glacée, et caressa ses doigts en fronçant les sourcils.

— Ne t'inquiète pas. Un nouvel appareil t'attendra au palais.

Et après, quoi ? Qu'attendait-il pour… consommer leur union ? Ils s'étaient serré la main, n'est-ce pas ? Mais Rhys voulait retourner à Verina. Sopi ne croisa ni le personnel de l'hôtel ni ses amis ; en quelques heures, leurs bagages étaient chargés, et elle regardait Cassiopeia disparaître à l'horizon, par la fenêtre arrière de la voiture.

Elle n'avait jamais pris l'avion, mais cette première expérience n'avait de toute évidence rien de comparable avec les vols commerciaux. Rhys lui présenta un large fauteuil de cuir ivoire et s'installa près d'elle. Un steward leur servit du café fraîchement moulu dans des tasses de nacre et de porcelaine, déposées sur une tablette de merisier. Un grand écran de télévision passait les nouvelles ; Rhys lui tendit la télécommande. Ses assistants et ses gardes du corps restèrent dans la cabine à l'avant de l'avion, séparée de la partie la plus luxueuse.

À ce moment-là, Sopi prit réellement conscience de sa transformation. Étrangement, elle se sentait écartée de l'endroit auquel elle appartenait ; la zone des domestiques.

Pendant le vol, Gerard passa plusieurs fois pour demander leur validation commune sur des points qu'elle ne comprenait encore qu'avec peine. Lors de leur escale à New York, une styliste monta à bord et lui proposa plusieurs tenues. Lorsqu'ils atterrirent enfin à Verina, elle se reconnaissait à peine dans le miroir ; elle portait une robe fourreau imprimée de myosotis, et retouchée pour convenir à chacune de ses mensurations. Son maquillage et sa coiffure dissimulaient habilement sa fatigue, et, quand elle rejoignit Rhys dans la partie centrale, il cligna des yeux avant de retrouver l'usage de la parole.

— Tu es superbe.

— Merci, murmura-t-elle timidement. J'ai l'impression d'être en costume de théâtre.

— Le secret, c'est de jouer ton rôle avec conviction. Si tu y crois, tous les autres te suivront.

— Est-ce que tu joues un rôle, toi aussi ?

— Non, répondit-il sans hésiter.

Pendant qu'ils traversaient le tarmac et montaient en voiture, sa tension monta d'un cran, et, l'estomac noué, le souffle court, elle se mit à triturer sa ceinture.

— Ne t'inquiète pas, dit Rhys en souriant. Ils sont

surpris que je t'aie trouvée aussi vite, mais ils sont ravis. Elise a les pieds sur terre ; tu t'entendras bien avec elle.

Mais rencontrer le roi et la reine était le dernier de ses soucis. Elle était *fiancée*. Elle avait déjà pris possession de Cassiopeia ; elle devrait donc aller au bout de ses engagements auprès de Rhys. Et si elle était mauvaise au lit ? S'il perdait tout intérêt pour elle après leur première fois ? Et si elle ne tombait pas enceinte ? Les scénarios catastrophes s'enchaînaient dans sa tête.

Un domestique les mena immédiatement dans la salle de réception officielle des souverains. Le soleil se levait déjà à travers les vitraux colorés et jetait des prismes de lumière sur le couple royal. Henrik ressemblait beaucoup à Rhys. Il était un peu plus vieux et rasé de frais. Sa vitalité innée dissimulait encore sans peine les prémices de la maladie. Sa femme, Elise, était une blonde délicate au sourire chaleureux.

— Et si je te faisais visiter le palais ? proposa Elise après quelques minutes de conversation. Je pourrais t'aider à trouver tes repères avant de te montrer ta chambre et te laisser te reposer.

Sopi lança un coup d'œil à Rhys. Il hocha brièvement la tête, un sourire aux lèvres. Malgré cela, elle sentit la honte lui brûler les joues ; Elise offrait sans doute de s'éclipser pour donner à Henrik l'occasion d'exprimer son opinion sur elle.

Au rez-de-chaussée, Sopi suivit Elise à travers la grande salle de bal, la salle du trône, une salle à manger lugubre et une spacieuse véranda donnant sur les jardins et le lac. Elise lui montra une porte verte.

— Ne va pas dans les quartiers des domestiques, à moins que tu ne veuilles créer une vague de panique, fit-elle avec un sourire.

Et pourtant, c'était le monde auquel elle appartenait. De nouveau, elle eut l'impression d'être enfermée à l'extérieur de propre vie. De sa vie *réelle*. Elle serra ses paumes moites l'une contre l'autre. Oh ! comment allait-elle expliquer à Rhys qu'elle avait fait une terrible erreur ? Qu'*il* avait fait une terrible erreur ?

Elise s'engouffra dans le grand escalier, et, en arrivant sur le palier, fit un geste vague vers l'aile ouest.

— Vos appartements. Ta chambre jouxte celle de Rhys.

Sous leurs yeux, des domestiques emportaient de larges coffres dans une pièce à doubles portes.

— Ils s'occupent encore de ranger tes affaires. Il vaut mieux attendre qu'ils aient terminé.

— Mes… affaires ?

C'était la première fois que Sopi ouvrait la bouche. Sa voix tremblait.

— Mais je n'ai qu'une valise, ajouta-t-elle.

Rhys avait promis que le reste arriverait bientôt.

— Rhys nous a prévenus que tu aurais besoin d'une garde-robe. Mon assistant s'est occupé de tout. Il a choisi des modèles divers chez mes couturiers habituels. Ton styliste attitré se chargera d'en commander d'autres après tes premiers essayages.

Son estomac se retourna. C'était exactement le genre d'attitude qu'elle avait toujours détesté chez ses demi-sœurs : faire acheter des vêtements qu'elle ne porterait peut-être jamais, et aux frais de quelqu'un d'autre. Et voilà qu'elle devenait comme elles !

Elle jeta un coup d'œil en arrière, prête à retourner sur ses pas, à parler à Rhys. Mais Elise la prit par la main et l'attira vers un escalier en spirale, niché dans une tour.

— Viens. Je veux te montrer mon endroit favori. Je pense que tu vas l'apprécier.

Lorsqu'elles débouchèrent à l'extérieur, elles étaient au sommet de la tour, sur un toit plat qui surplombait le lac. La vue était extraordinaire. Une brise légère souffla dans les cheveux de Sopi et caressa sa peau, apaisante.

D'une certaine façon, le paysage lui faisait penser à ce qu'elle avait laissé derrière elle, avec le lac brillant sous le soleil et les pics enneigés à l'horizon. La principauté était petite, mais sa beauté lui coupait le souffle. Elles marchèrent derrière le mur crénelé. À l'est, un village pittoresque se lovait au pied d'une colline verdoyante, piquetée de neige. Elle pouvait deviner des troupeaux de chèvres, la pierre grise des ponts, la brique rouge des toits, et la flèche d'une église.

— C'est ici que Henrik m'a demandée en mariage, le jour où il a été rétabli dans ses droits. Il m'a entraînée ici dès mon arrivée, avant de me montrer quoi que ce soit d'autre. Il m'a dit qu'il voulait créer des souvenirs heureux à l'endroit où il avait connu la peur et le deuil. Tu connais leur histoire, bien sûr ?

— Je l'ai lue. C'est tragique.

Penser à la souffrance de Rhys lui serrait le cœur. Un sourire poignant dansait aussi sur les lèvres d'Elise.

— Ils ont vécu avec nous pendant quelque temps…

— Ton père est le diplomate qui leur est venu en aide ?

— Rhys t'en a parlé ?

Elise s'était tournée vers elle et la scrutait avec attention.

— Oui. Il a essayé de m'encourager, de m'expliquer qu'il n'avait pas toujours vécu comme un prince, avoua Sopi. Je n'ai pas été élevée comme une aristocrate, et la transition est… oppressante.

— Je comprends, acquiesça Elise. Il t'a aussi expliqué pourquoi il ne peut se permettre d'attendre ?

Sopi se mordit la lèvre.

— Oui. Je suis désolée, pour Henrik.

Étonnamment, Elise ne parut pas blessée que Rhys ait révélé un secret si intime ; au contraire, elle semblait soulagée de ne pas avoir à verbaliser leur angoisse, et son regard inquiet flotta vers l'horizon.

— Ils sont très proches, expliqua-t-elle. C'est parfois très agaçant. Ils se chamaillent pour des choses insignifiantes et refusent de s'exprimer clairement.

Elle leva les yeux au ciel avec un demi-sourire.

— Ils sont terriblement protecteurs, l'un avec l'autre. Peut-être trop. Henrik s'inquiète pour Rhys.

Oh. Son estomac se noua douloureusement.

— Henrik pense que je ne suis pas assez bien pour Rhys, c'est ça ? Je… Je comprends. Je suis d'accord.

— Non, non, ce n'est pas ce que je voulais dire.

Elise attrapa son bras et plongea son regard dans le sien.

— C'est moi qui te demande une faveur. Je veux que Henrik comprenne que son frère est capable d'affronter les défis qui s'annoncent. Dans le cas contraire, il essaiera toujours de s'interposer, de l'aider à porter son fardeau. Je sais que la situation est difficile pour Rhys. Je sais qu'il devra remplacer Henrik au pied levé. Puis, il y a le mariage, l'obligation de concevoir un héritier. Et je comprends que je vous en demande *beaucoup*, à tous les deux. Mais il s'agit de sauver l'homme que j'aime, et il est tout pour moi.

Et Elise ne porterait jamais l'enfant de Henrik. Sopi sentit la compassion la submerger. Bien sûr qu'elle voulait l'aider et apaiser sa souffrance autant qu'elle le pourrait, plutôt que de se focaliser sur des peurs égoïstes.

— Henrik a opté pour le traitement le plus agressif. C'est sa meilleure chance de survie, mais il doit se concentrer sur sa guérison s'il veut s'en sortir.

— Je ferai tout ce qui est en mon pouvoir, murmura Sopi. Je comprends les enjeux. Je sais que notre mariage est important et qu'il doit absolument fonctionner. Rhys et moi projetterons la meilleure image possible.

Elise ferma les yeux et poussa un soupir de gratitude.

— Merci. Je n'étais pas certaine… mais Rhys se trompe rarement. J'aurais dû savoir qu'il ne choisirait pas une femme qui ferait passer ses intérêts avant ceux des autres.

« Tu es altruiste et dévouée. Tu en auras besoin. »

Elle sourit faiblement, soudain mal à l'aise. Elise avait raison. Peut-être était-elle la personne idéale pour le rôle, non pas à cause de son sang bleu, mais parce qu'elle était prête à se sacrifier pour les autres. Elle avait toujours agi au détriment d'elle-même ; comment aurait-elle pu changer de comportement aujourd'hui ? Le roi et la reine lui semblaient tragiquement humains, en proie à une souffrance intime qui lui brisait le cœur. Sopi voulait réellement leur tendre la main. Et pour cela, elle allait s'offrir à un homme qu'elle connaissait à peine.

Le regard vulnérable de Sopi resta gravé dans son esprit après qu'Elise eut fermé la porte derrière elles.

— Tu vas très vite, Rhys. Je ne pensais pas que tu la présenterais à la presse dès votre arrivée, et sans t'être entretenu avec moi au préalable.

Henrik s'était levé à son tour, prompt qu'il était à marcher de long en large pendant leurs conversations les plus difficiles. Rhys fronça les sourcils.

— Tu désapprouves ?

— Je n'ai pas encore pris ma décision. Tu dois te marier, Rhys, j'en suis conscient, mais je m'attendais à ce que tu explores tes options. Comment sais-tu que tu as fait le bon choix ? Tu la connais depuis quelques jours.

— Tu sais qui elle est.

— Oh ! à première vue, elle est parfaite, bien sûr. L'excitation que provoquera son identité est un avantage indéniable, pour *moi*. Mais je te parle d'affection, Rhys. Ne préfères-tu pas épouser une femme à qui tu tiens ? Une femme dont tu pourrais tomber *amoureux* ?

— Ce n'est pas ce que je cherche, assena Rhys. Je suis persuadé que notre relation sera parfaitement confortable.

— *Confortable*… C'est donc à cela que tu aspires ?

— Je n'ai besoin de rien d'autre.

Sa voix était parfaitement assurée, et pourtant, il ne put s'empêcher de songer à la passion instinctive qui l'avait poussé vers Sopi. La compulsion qui l'avait tant ébranlé.

— Tu ne veux donc pas d'un mariage comme le mien ?

— Personne ne pourrait avoir un mariage comme le tien, répondit Rhys en souriant. Elise est unique.

Si les âmes sœurs existaient, alors Henrik avait sans doute trouvé la sienne. Rhys aimait beaucoup sa belle-sœur, et s'inquiétait pour elle autant que pour son frère.

— Comment va-t-elle, maintenant que vous avez plus d'informations ?

Henrik laissa échapper un soupir.

— Comme toujours. Elle est courageuse, têtue et prête à tout pour me faciliter la tâche. Je me déteste de lui faire subir une chose pareille.

— Ce n'est pas de ta faute.

— Et pourtant, je remets en question chacun de mes actes.

Henrik se servit une nouvelle tasse de café, mais ne l'amena pas à ses lèvres. Avec une grimace, il se massa la nuque. Rhys savait exactement ce qu'il ressentait. Ce genre de méditations le torturait jour et nuit. La maladie de Henrik était-elle un châtiment divin, une façon de punir Rhys pour une décision passée ? Il aurait aimé échapper au destin et à la culpabilité irrationnelle qui le hantait.

— J'aurais dû la convaincre de me quitter il y a des années. Si elle avait épousé un autre homme, elle aurait déjà des enfants.

— Ce sont tes enfants qu'elle veut. Franchement, je ne sais pas pourquoi elle t'a choisi, plaisanta-t-il. Tu n'es pas aussi séduisant que tu le crois, tu sais.

Son frère lui jeta un regard faussement menaçant, mais hocha la tête.

— C'est vrai. Je ne mérite pas ma chance. Et quoi qu'il advienne, je suis heureux. C'est ce que je veux pour toi aussi.

En l'espace d'un instant, la douceur de sa mélancolie se transforma, et Rhys vit apparaître son monarque ; un homme exigeant à qui il devait loyauté.

— Cette vie est difficile, Rhys. Choisir la mauvaise compagne pourrait te coûter très cher. Tu as besoin de quelqu'un qui saura te soutenir, qui sera toujours à tes côtés. Tu ne peux pas demander cela d'une inconnue.

Les mots de son frère résonnèrent en lui comme un avertissement. Henrik ne voyait-il pas le revers de la médaille ? L'amour impliquait aussi de partager ses fardeaux et ses souffrances. *Dans la maladie comme dans la santé*, n'est-ce pas ? Rhys ne voulait pas risquer le drame que son frère et sa belle-sœur enduraient ensemble ; mais il ne pouvait pas exprimer cette appréhension-là.

— Sopi est plus forte qu'elle n'en a l'air.

— Mais est-elle prête à affronter les défis qui s'annoncent ?

En entendant Henrik sous-entendre qu'elle risquait de devenir reine, Rhys ne put retenir une grimace.

— Si Elise ne m'aimait pas, elle aurait abandonné cette vie il y a longtemps. Et c'est sans compter l'urgence de la situation. Des fiançailles immédiates et un mariage éclair ? La couverture médiatique sera infernale. Est-elle vraiment capable de vendre l'image d'un couple passionnel ?

Rhys savait tout cela. Bien sûr, la situation de Henrik serait gardée secrète jusqu'à ce que Sopi soit enceinte. Un mariage royal nécessitait plus d'un an de préparatifs, mais le sien serait organisé en deux mois, tout au plus. Leurs fiançailles seraient célébrées aussi vite que possible.

— Le coup de foudre, déclara Rhys avec un sourire confiant. Nous jouerons le jeu à la perfection. Ne t'inquiète pas. Concentre-toi sur ton traitement. Pour le bien de tous, je veux garder mon frère, et garder mon roi.

Henrik marmonna un acquiescement sceptique, et Rhys s'empressa de changer de sujet.

7.

Sopi dormit quelques heures et se réveilla en sursaut, désorientée, au bord de la panique. Cependant, Rhys était toujours auprès du roi ; il ne la contacta qu'en fin d'après-midi, via Gerard. L'assistant l'informa qu'elle rencontrerait le Premier ministre de Verina et une poignée de dignitaires haut placés pendant un dîner informel.

Informel ne signifiait pas la même chose dans le monde des têtes couronnées. Sa styliste lui tendit d'autorité une robe longue, aux épaules dégagées, taillée dans le velours. L'étoffe était d'un bleu si profond qu'elle semblait noire, et le drapé cascadait sur ses hanches avec opulence, fendu à l'arrière afin de faciliter ses mouvements. Elle enfila des escarpins argentés avant de se faufiler dans le salon qui séparait sa chambre et celle de Rhys. La gorge nouée, elle toqua à sa porte.

— Entrez !

Elle poussa le battant. Il avait un verre à la main, mais l'abaissa lentement en la voyant. Son cœur rata un battement lorsqu'elle croisa son regard. Avec sa veste blanche aux revers de satin, son nœud papillon noir, la barbe fraîchement taillée, il était beau à couper le souffle. Il exsudait une puissance si indéniable qu'il lui sembla, plus que jamais, irrémédiablement hors de portée. Inatteignable.

— Tu es magnifique, dit-il.

Sa voix était aussi riche que le velours sous ses doigts.

— Merci.

Ses cheveux avaient été tressés autour de sa tête comme

une couronne, et elle effleura timidement le collier d'améthystes qui ornait sa gorge. D'autres pendaient à ses oreilles, et elle devait se retenir de les toucher pour vérifier qu'elle ne les avait pas perdues. Une énième extravagance, un énième malaise.

— Pourrions-nous… parler de tout cela ?

— Après dîner ? Nos invités vont arriver d'une minute à l'autre.

Il traversa la pièce pour lui offrir son bras.

— Tu n'as pas besoin de frapper pour entrer dans ma chambre, tu sais. Tu es ici chez toi. Quand nous serons mariés, nous aurons l'aile pour nous tout seuls.

Mariés, hum ? Avant qu'elle ne puisse répondre, ils arrivèrent dans la galerie, où Henrik et Elise les attendaient.

Sopi serra subtilement la manche de Rhys en effectuant la demi-révérence que le professeur protocolaire lui avait enseignée un peu plus tôt. Ils suivirent ensuite le couple jusqu'à la salle de réception. Le dîner dura plusieurs heures, durant lequel des inconnus firent semblant de l'accueillir avec plaisir ; mais Sopi n'était pas dupe. Pour eux, elle n'était sans doute qu'une bête curieuse.

Rhys resta à ses côtés, attentif, assez proche pour la toucher, et néanmoins toujours intouchable. Lorsqu'ils remontèrent dans leur salon, Sopi poussa un soupir.

— Dis-moi la vérité. Est-ce que j'ai été horrible ?

— Je t'ai trouvée très bien.

— Vraiment ? Chaque fois que je te regardais, tu avais l'air… Je ne sais pas. Contrarié ?

Distant. Elle avait passé la soirée à attendre un geste d'approbation, d'affection. De complicité. Mais il ne lui avait offert que son bras, et une froideur polie qu'elle ne comprenait pas.

— Je me serais interposé si tu avais fait une erreur. Tu étais parfaite.

— Alors pourquoi es-tu si…

Elle scruta son visage fermé.

— Tendu, décida-t-elle enfin. Comme si tu te retenais de te mettre en colère contre moi.

Il haussa les sourcils ; un éclair amusé adoucit son visage.

— Ce n'est pas ce genre de tension, Sopi. Je pensais simplement à autre chose.

Son regard bleu glissa vers la porte de sa chambre. Son cœur s'accéléra et elle s'entendit murmurer :

— Oh.

Il but une gorgée ambrée. Il semblait contenir un petit rire d'autodérision, et sous son regard chaleureux, elle sentit les premiers frissons du désir s'embraser au fond d'elle.

— Je suis nerveuse, avoua-t-elle. Peut-être que je me détendrais quand ce sera fait.

— Quand « ce sera fait » ?

Son humour s'évapora instantanément.

— Tu n'en as pas envie ?

— Je ne sais pas à quoi m'attendre.

Son expression s'adoucit.

— Je te l'ai déjà dit, je n'ai pas l'intention de te forcer. Si tu as des doutes, tu peux m'en parler.

Elle ouvrit la bouche, mais sa voix mourut sur ses lèvres. Elle… Elle avait été ébranlée par l'amour si évident que Henrik et Elise partageaient. Ce soir, ils avaient échangé des sourires complices, s'étaient naturellement cherchés du regard. Ils semblaient lire dans les pensées l'un de l'autre. Leur lien était réel et sincère ; une relation dont elle aurait rêvé, si elle avait su qu'une telle union était possible.

— Sopi ? insista Rhys.

Elle croisa les bras, gênée de son propre romantisme. Il la trouverait sans doute puérile, et pourtant…

— À chaque fois que je veux me plaindre de ce qui m'arrive, je pense à ce que ton frère et Elise doivent être en train de vivre. Et je me sens mesquine. Et j'ai toujours trouvé mes demi-sœurs mesquines. Et avides. Assoiffées de robes et de bijoux et de dîners mondains.

Ses doigts s'accrochèrent aux pierres froides qui pendaient à son cou. Bien sûr, ce n'était pas le seul problème, mais sa conscience la tenaillait.

— Tu n'es pas comme elles, assura-t-il tranquillement. Et tu ne deviendras pas comme elles.

— Tu interviendras au moindre signe avant-coureur ?

— Si je te vois tirailler sur ton décolleté pour convaincre un homme de sortir son portefeuille, je te sermonnerai sans pitié, promis.

Une note dangereuse aiguisait le timbre de sa voix.

— Oh oh. On dirait presque que tu es possessif.

Et elle n'aurait certainement pas dû trouver l'idée si délicieuse.

— Presque ? Tu sais, c'est aussi pour cela que je veux discuter avec toi de tes inquiétudes. Sache qu'une fois entrée dans mon lit, je ne voudrais plus te voir le quitter.

Jusqu'à ce qu'elle lui ait donné des héritiers, peut-être. La gorge nouée, elle s'assit pour retirer ses escarpins.

— Tout est si… *impressionnant*, Rhys. Je n'ai que vingt-deux ans. Je devrais avoir le temps de faire des erreurs. De sortir avec un homme que je n'épouserai pas. De boire un peu trop de temps en temps. De me ridiculiser en public.

Elle avait à peine touché son vin au dîner, de peur de bégayer ou trébucher.

— Personne ne devrait se marier aussi jeune, ajouta-t-elle.

— Même tes peurs sont matures pour ton âge, fit-il avec un sourire.

Il retira sa veste et dénoua son nœud papillon.

— C'est beaucoup de pression, je le sais, Sopi. Tu as le droit de t'en inquiéter. Tu fais *bien* de t'en inquiéter. Le fait que tu comprennes les inconvénients de ta nouvelle position plutôt que de te laisser séduire par le luxe me prouve que tu es assez intelligente et assez forte pour y faire face.

— Chaque fois que j'essaie de te faire comprendre

que j'ai tort d'avoir accepté, tu me réponds que j'ai raison de le penser, marmonna-t-elle. J'ai peur que tu veuilles épouser la personne que je pourrais devenir plutôt que celle que je *suis*.

— C'est la même personne, Sopi.

— Je ne crois pas…

— Écoute, si tu veux que je te dise quels sont tes défauts, les voici. Tu te limites. Va plus loin. Libère-toi. Tu as le droit de t'épanouir, de saisir ta chance.

— Je ne peux pas !

— Pourquoi pas ?

— Je n'en sais rien !

Elle prit son visage dans ses mains, gênée de sa réaction. Depuis quand avait-elle enterré ses ambitions ?

— Tu sais, quand mon père est mort… Je ne me sentais en sécurité qu'à la maison. Au village. À ma place.

Elle n'avait jamais réfléchi à l'impact irrationnel qu'avait eu le deuil sur la façon dont elle avait vécu sa vie depuis.

— Peut-être que c'est encore le cas, soupira-t-elle.

Il la rejoignit et s'assit près d'elle.

— Sopi, je comprends combien la perte d'un parent peut freiner ton évolution. Je ne te juge pas. Mais tu gères Cassiopeia sans véritable soutien depuis ton adolescence. Ce n'est pas rien, en es-tu consciente ?

Il la scrutait toujours, pensif.

— Tu es déterminée et courageuse et tu as un charisme fou. Quoi qu'il soit advenu, tu étais destinée à devenir quelqu'un, Sopi.

Elle secoua la tête, incapable d'accepter un tel compliment. Mais, dans le silence, les mots de Rhys résonnaient puissamment. Elle songea aux attentes qu'avait exprimées Elise, plus tôt dans la journée. À tous ces regards posés sur elle. Peut-être Maude avait-elle délégué ses responsabilités parce qu'elle avait toujours proposé de les prendre en charge, qui sait ? Et s'était-elle jetée corps et âme dans les tâches mesquines de l'hôtel simplement pour reprendre le contrôle qu'elle désirait en vain ?

Elle jeta une œillade maussade, agacée par la clairvoyance de Rhys. En quelques jours, il semblait la connaître mieux qu'elle ne se connaissait elle-même.

— Et tu as toujours su que tu reprendrais ta place légitime, même pendant ton exil ? demanda-t-elle.

— Oui. J'étais obligé d'y croire. Je ne pouvais pas… Je ne pouvais pas accepter que mes parents aient perdu la vie en vain. J'étais rongé par la colère pendant mon adolescence ; je ne voulais pas songer que nos parents s'étaient sacrifiés pour que nous vivotions dans la misère. Rationnellement, je savais déjà que la vie est injuste, mais je me raccrochais désespérément à l'idée que la roue tournerait pour nous. C'était la seule façon pour moi de dépasser mon deuil.

Elle hocha la tête.

— Tu sais, je ne veux pas revenir sur ma décision. Je veux cesser de la combattre, mais je crois que mon ancienne vie me manque. Tu ne regrettes jamais la tienne ?

— Parfois, admit-il. Les plaisirs simples me manquent. Sortir quand j'en ai envie, ne pas toujours songer aux conséquences ; à l'impact politique de chaque mot. Pour être honnête, je n'ai pas été aussi sincère avec quelqu'un depuis des années. Avec toi, je n'ai pas besoin d'être qui que ce soit d'autre que moi-même. Sans vernis, sans faux-semblants. Je peux nager nu, conclut-il avec un demi-sourire.

Mais il était toujours *lui*. Son assurance n'était pas un masque, mais une puissance innée. Elle n'avait pas les mêmes atouts. Plutôt que de renchérir, néanmoins, elle savoura le secret de leur complicité. Elle lui offrait quelque chose qu'il n'avait trouvé chez personne d'autre…

— Et si le sexe était horrible ? dit-elle soudain, anxieuse.

Rhys éclata de rire.

— Le sexe sera fantastique, crois-moi.

Avec un petit sourire, il ajouta insolemment :

— Laisse-moi te le prouver.

Une vague brûlante la submergea. Elle ne pouvait pas

lui parler de ses attentes secrètes, de son désir d'amour, pas tout de suite. Mais s'ils s'appréciaient autant et partageaient leurs corps, alors le reste suivrait sans peine, n'est-ce pas ?

— D'accord, murmura-t-elle.

Il inclina la tête, surpris, et dans son regard dansa l'intensité d'un prédateur prêt à bondir.

— Tu veux aller au lit ? Maintenant ?

— Je pense que j'aurais peur de toute façon, donc oui.

— Peur de moi ?

Il avait légèrement reculé, pris de court. Peut-être… vulnérable ?

— J'ai peur de tout cela, expliqua-t-elle avec un geste vague de la main. De la façon dont tu vis, de la façon dont tu veux que je vive. De ce que tu es. Mais je sais que je ne peux pas laisser la peur me freiner. Je veux l'affronter.

Il jura tout bas et fixa son regard au plafond. Ses lèvres s'ouvrirent sur une phrase avortée. Une autre seconde avant qu'il ne trouve les mots justes :

— Je ne veux pas te dire non, Sopi. Je te veux dans mon lit dès *maintenant*. Mais pas parce que tu veux tester tes limites. Je veux que tu aies *envie* de *moi*.

— C'est le cas !

— Vraiment ? la défia-t-il. Et avec qui veux-tu faire l'amour ? Le prince, ou l'homme ?

— L'homme ! C'est ton corps que je veux. Tes mains qui effaceront mes peurs et mes pensées.

Après de longues secondes de réflexion, il se leva et lui tendit la main en signe d'invitation.

— Alors viens.

Elle posa sa paume dans la sienne. Il referma les doigts sur les siens et, comme en écho, son cœur se serra à son tour.

— J'ai besoin de savoir que ce qu'il y a entre nous est réel, au moins, murmura-t-elle.

— On ne peut plus réel.

Il l'attira à lui et frôla la courbe de son oreille ; les

boucles d'oreilles tintèrent contre ses phalanges. Sa main chaude glissa sous son menton et effleura ses lèvres. Elle le tira à elle à son tour, en caressant la texture exquise de sa barbe. Son baiser était tendre – trop tendre. Elle se hissa sur la pointe des pieds, avide, impatiente de se consumer dans l'ardeur de leur attraction.

Il se délivra sans effort de son étreinte. Il posa une main sur sa hanche pour l'empêcher d'avancer. Il la provoquait sans pitié, en frôlant sa bouche d'un baiser, avec un demi-sourire, et son souffle brûla ses lèvres lorsqu'il déclara :

— C'est notre première fois, *liebling*. Je n'ai pas l'intention de te prendre de vitesse.

Il s'abaissa lentement, tentateur, et approfondit lentement le baiser. Il n'avait pas besoin de la presser contre lui pour l'enflammer, néanmoins ; et elle se sentit fondre sous la vénération paresseuse et languide de sa bouche.

Elle se sentait fiévreuse, chancelante, et referma ses bras autour de sa nuque en se laissant aller contre lui, savourant la liberté enivrante de l'embrasser ainsi, comme elle le désirait depuis des jours. Les doigts enfouis dans ses cheveux, elle s'abandonna dans ses bras jusqu'à ce qu'il murmure :

— Le monde extérieur sera toujours cruel, Sopi. Et même une chambre peut avoir des règles bien compliquées. J'espère que la nôtre sera notre havre, protégé du chaos.

Il indiqua la porte d'un mouvement de menton.

— Dehors, j'ai besoin d'une princesse qui me soutiendra coûte que coûte. Mais ce n'est pas pour cela que je te veux.

Il la guida vers la porte de sa chambre.

— *Ici*, je te veux *toi*. Je ne veux que toi.

Son cœur rata un battement lorsqu'elle passa le seuil de la porte et entra dans la lumière tamisée de la chambre.

— Je ne veux pas te presser, continua-t-il. Si tu veux ralentir, ou arrêter, dis-le-moi. Si tu ne me fais pas confiance avec ton corps, tu ne me fais pas confiance du tout.

Derrière elle, il retira délicatement l'une des épingles qui retenaient sa tresse ; son visage s'enfouit dans le creux de son cou, et le frisson de son souffle la fit trembler de délice.

— J'ai peur que tu me trouves stupide, ou ridicule.

— Nous nous sommes déjà caressés dans une mare enneigée. Nous sommes tous les deux stupides et ridicules.

Elle rit doucement. Lorsqu'elle tenta de l'aider à détacher ses cheveux, il émit un grondement de contestation.

— Je veux le faire. Quand j'étais adolescent, ma bande dessinée préférée racontait les aventures d'une Valkyrie, et ses cheveux longs cachaient les courbes de sa silhouette. J'ai des fantasmes latents à satisfaire.

— Dieu merci, *mes* fantasmes sont pleins d'intellos amoureux de bandes dessinées, susurra-t-elle.

Son rire chaud la fit frémir d'émotion. Il passa un bras autour de sa poitrine pour l'étreindre. Elle sourit, et posa les mains sur le bras musclé qui la serrait si fermement, la joue calée contre son épaule puissante. Un bonheur enchanteur enflait en elle. Une sorte de promesse.

— C'est pour cela que je suis là, Rhys, murmura-t-elle. Je ne me serais jamais pardonné de ne pas *essayer*, avec toi.

Il la fit tourner dans ses bras. Son visage était solennel pendant qu'il déroulait sa longue tresse, et, à sa grande surprise, la passait autour de sa propre nuque.

— Moi non plus, avoua-t-il gravement.

Elle en avait le souffle coupé. Cette fois, lorsqu'il l'embrassa, il n'y avait pas de précaution ou de tendresse. Son baiser était brûlant, impérieux, carnassier. Sa barbe râpait son menton, et ses bras l'enserraient de toutes ses forces. Elle attrapa le bout de sa tresse et tira sans douceur pour l'attacher à elle, la gorge nouée par un gémissement d'urgence.

Si elle avait eu peur d'être trop agressive, elle avait sous-estimé la bonne volonté de Rhys. Il avait pris son visage en coupe et dévorait sa bouche, pressant, profond, si dévastateur qu'elle tremblait dans ses bras. Lorsqu'il brisa le baiser, ils haletaient à l'unisson, et il lui lança un sourire en coin.

— Je ne regrette qu'une chose à propos de l'autre soir, et c'est que je n'ai pas pu te regarder. Pas réellement.

Il la fit tournoyer et fit glisser la fermeture de sa robe. Lentement. Centimètre par centimètre. La fraîcheur de la pièce comme une langue de feu sur son dos.

— Rhys…

Son cœur martelait au rythme de son impatience.

— Je n'ai pas cessé d'y penser. La douceur de ta peau…

Il écarta les pans de sa robe, ses doigts tièdes contre la chair sensible de ses reins. Elle s'arqua contre lui, embrasée par sa caresse, et sentit ses reins tressauter en retour.

— Ta timidité, et ton audace…

Il décrocha le fermoir de son soutien-gorge et caressa l'espace qu'il avait délivré, jusqu'à ce que ses paumes chaudes se referment sur ses seins.

— La sensation de tes tétons sur ma langue…

Ils se raidirent instantanément sous ses mains, douloureux de désir. Ses pouces les taquinèrent, et, sous l'assaut d'un plaisir acéré, elle se tordit contre lui et poussa son bassin contre lui. Il était déjà dur et elle ondula avec plus d'ardeur.

— Et la façon que tu as de donner autant que tu reçois, murmura-t-il d'une voix rauque de passion. Tu m'as fait perdre la tête si facilement.

Il pinçait ses tétons entre ses doigts, au seuil de la douleur. Son pouls semblait résonner follement sous l'intransigeance de ses paumes. Elle posa les mains sur les siennes sans savoir si elle voulait l'arrêter ou l'encourager à aller plus loin.

— Et perdre le contrôle me terrifie, avoua-t-il.

Les dents contre sa nuque, il la tenait à sa merci, prisonnière d'une transe érotique qu'il attisait avec brio. Elle tourna la tête pour quémander un baiser. Il prit ses lèvres, et la caressa jusqu'à la tourmente. D'autorité, elle enlaça ses doigts et fit glisser sa main vers le creux de ses cuisses, où elle se sentait pulser de convoitise.

Il s'y nicha docilement alors qu'elle ondulait contre ses doigts, tremblante de désir, ivre de leur torture mutuelle.

— Bientôt, *liebling*, murmura-t-il en mordillant son oreille. De quoi as-tu besoin ?

— Je ne sais pas, gémit-elle. De toi.

Avec un grognement, il la délivra et la fit tourner pour retirer la robe encore ouverte. Lorsqu'il la guida en arrière, elle crut qu'il l'aidait simplement à sortir du cercle de velours, mais il continua d'avancer jusqu'à ce qu'elle sente le rebord du lit derrière ses genoux. Elle s'y laissa tomber. Elle ne portait qu'une culotte. Elle serra les poings sur la courtepointe, le regard levé vers lui.

— Tu me fais confiance ?

— Bien sûr, dit-elle d'un souffle.

Un sourire sombre flottait sur les lèvres de Rhys lorsqu'il la poussa pour qu'elle tombe sur le matelas.

— Je veux te montrer que tu es mienne. Tout entière.

Il se pencha sur elle et embrassa tendrement son menton, sa poitrine. Le frôlement de sa barbe et de ses lèvres douces, la progression évanescente de sa bouche jusqu'à son ventre, puis de son nombril à sa hanche… Il retira lentement sa culotte de dentelle.

Il soutint son regard avec impudence lorsqu'il écarta ses cuisses et tomba à genoux. Sans effort, il attira ses hanches à lui. Comme ses cuisses se posaient sur ses épaules, elle s'étrangla en sentant l'âpreté de sa barbe sur son sexe. Et elle trembla d'anticipation, jusqu'à ce que la chaleur insoutenable de sa bouche se pose sur le centre de son plaisir. Instinctivement, elle tenta de serrer les cuisses contre l'intensité de la sensation, et un cri lui échappa. Elle savait ce qu'était le sexe, mais elle n'avait jamais imaginé qu'il s'agissait avant tout d'une capitulation. Elle serait sienne absolument, éternellement, après cet instant. Elle s'abandonnait déjà à la vague irrésistible du plaisir, incapable de le combattre.

Il était impitoyablement lent, déterminé à la réduire en cendres. Comment l'excitation pouvait être si douloureuse ?

Elle ne respirait qu'avec peine. Son sang embrasait ses veines. Chaque seconde était une agonie extasiée pendant laquelle elle se tendait un peu plus, avant qu'un répit cruel ne la force à prier pour que le supplice reprenne.

Elle avait perdu l'usage de la parole, de la pensée, consumée qu'elle était par ses insoutenables caresses. Arquée, agitée, avide, elle se laissa emporter par l'ivresse. Bientôt, elle psalmodiait son nom, décimée par la force de son orgasme.

Un merveilleux sentiment de légèreté l'enveloppa peu après. Elle n'avait pas la force de se redresser, mais tendit une main languide pour caresser ses cheveux. Toutefois, après une seconde d'apaisement, il retourna délibérément à l'assaut. Un éclair de désir crépita dans son ventre au contact renouvelé de sa langue.

— Que fais-tu ? gémit-elle, choquée de sentir sa satisfaction se muer immédiatement en convoitise.

— Encore une fois, ordonna-t-il.

— Je ne peux pas !

Non, non, elle ne pourrait pas le supporter. Les doigts de Rhys l'exploraient et le tourbillon de ses sens la transporta de nouveau sur les ailes d'une ferveur si intense qu'elle se sentit crisper ses doigts dans ses cheveux et crier sa jouissance.

Lorsqu'il la libéra pour embrasser l'intérieur encore tremblant de sa cuisse, elle aurait pu sangloter de frustration et de soulagement mêlés. Le cœur battant, la peau moite, elle murmurait encore son nom sans y songer. Il se redressa et appuya ses mains de part et d'autre de ses hanches. Sur son visage, des ombres féroces jouaient sur les angles de ses pommettes et la courbe insolente de son sourire.

— Cela nous a fait du bien à tous les deux, pas vrai ?

— Qu'est-ce que… Veux-tu que je te rende la pareille ?

— En as-tu envie ?

Il se releva d'une traction, puis ouvrit sa chemise.

— Non, décida-t-il presque immédiatement. La prochaine fois. Imaginer ta bouche sur…

Il pressa sa main contre l'étoffe de son pantalon, et, avec une profonde inspiration, le retira ensuite prestement.

— Toujours avec moi, *liebling* ?

— Oui.

Elle déglutit, hypnotisée par les reflets d'or que jetaient les lampes sur sa peau lisse. Elle ne l'avait qu'entraperçu, lorsqu'il était venu nager nu à l'hôtel ; mais ce soir-là, il était face à elle, glorieusement nu, offert à son regard affamé. Il ne détourna pas le sien. Un frisson la parcourut lorsqu'il prit son membre dans son poing, haletant.

— C'est ma première fois aussi, *liebling*. Entièrement nu. Je ne sais pas si je vais tenir très longtemps.

Il se coucha près d'elle. Ses lèvres se posèrent sur son épaule avec ferveur. Étourdie, elle chercha son regard, soudain apeurée qu'il ne considère cet instant comme un simple acte de procréation royale – plutôt que l'union profonde qu'elle était en train de vivre. Il l'observait avec attention. La nervosité et le désir chuchotaient en elle, noyés par un sentiment plus doux qu'elle ne savait comment interpréter, un sentiment nouveau, baigné de vulnérabilité.

Ses yeux bleus brillaient de désir, mais ses caresses s'étaient colorées d'une étonnante tendresse. Il attrapa sa tresse presque défaite et l'enroula autour de son poignet pour la garder dans sa main fermée. Retenue par son étreinte, elle accueillit son baiser avec un soupir. Un brasier s'enflamma dans le creux de ses reins, et elle ondula contre ses hanches.

— Tes réactions vont me rendre fou.

Il délivra ses cheveux ; sa main libérée sombra entre ses cuisses. Ses doigts la firent sursauter en arrivant au but.

— Trop sensible ? demanda-t-il en se retirant lentement.

— Pas assez, gémit-elle.

Elle se pressait contre lui et le caressa à son tour.

— Je n'ai jamais été aussi *affamée*, avoua-t-elle. S'il te plaît, Rhys, je veux te sentir en moi.

Il la fit basculer sur le dos. Il était impressionnant de puissance, et pourtant, elle se sentait en sécurité dans la cage de ses bras. Ici, piégée sous son corps, elle était plus protégée qu'elle ne l'avait jamais été.

Elle sentait le relief de son désir, sa chaleur et sa rigidité contre sa chair électrisée. Il mordilla son menton et caressa son sein avant d'incliner le visage pour prendre son téton dans la caverne brûlante de sa bouche. Elle grogna de frustration et enfonça ses ongles dans les muscles tendus de ses épaules.

— Rhys, je n'en peux plus.

Il releva le visage, bougea au-dessus d'elle, et guida enfin son sexe entre ses jambes. Son souffle s'accéléra. La pression la fit gémir. C'était bien plus intime qu'elle n'aurait jamais pu l'imaginer. Il marqua une pause.

— Regarde-moi, murmura-t-il.

Elle ne pouvait lui résister en rien ; ni physiquement ni émotionnellement. Il plongea lentement en elle, l'écartait, la comblait entièrement, et elle l'étreignit entre ses genoux pour l'entraîner plus profondément en elle.

Comment cet acte pouvait-il être si pur, si délibéré ? Elle n'avait rencontré Rhys que quelques jours plus tôt, et pourtant, voilà qu'ils étaient parfaitement unis, parfaitement abandonnés l'un à l'autre.

— Tu n'as pas mal ? murmura-t-il.

Elle l'entendit à peine. Elle était perdue dans la grandeur de l'instant. Elle ferma les paupières, noyée par l'intensité de ses émotions. La douceur de la confiance, la brûlure de l'incertitude ; et avant tout, la pulsion tendre qui exigeait son étreinte, la chaleur de son corps contre le sien.

— Dis-moi quand tu es prête, dit-il contre son oreille.

Il embrassa sa mâchoire, puis sa tempe. Avant qu'elle n'en prenne conscience, son corps se frotta au sien. Elle se crispa autour de lui, et la lumière dorée des lampes étincela sous ses paupières. La convoitise courait soudain dans ses veines et nourrissait ses mouvements instinctifs.

— Oui, comme cela, exactement comme cela.

Sa langue embrasa le creux délicat de son oreille. Lorsqu'il se retira, tout en elle se contracta pour le retenir. Il avait posé la main sur la courbe de sa gorge, si bien qu'elle sentait la tiédeur de sa paume contre son pouls. Elle ne savait plus si la chaleur dévorante émanait d'elle ou de lui.

Lorsqu'il la pénétra de nouveau, le plaisir la secoua comme une onde de choc. L'excitation que la nouveauté de l'acte avait contenue se déroula en elle comme une houle de lave et l'emporta dans l'abysse d'une exaltation aiguë.

Un nouveau coup de reins. Les muscles de son dos se tendirent sous ses mains avides. Il s'efforçait de rester lent, mais son corps avait pris l'ascendant. Lorsqu'il lui revint, ses hanches se levèrent à sa rencontre. Ses cuisses se serrèrent autour de lui pour ralentir son départ, et lui arrachèrent un grondement de plaisir et d'effort.

Elle fit glisser ses mains sur ses reins et jusqu'à ses fesses afin de l'attirer plus ardemment. Il accéléra le rythme. Leurs peaux moites se joignirent encore et encore, et leurs bouches se trouvèrent sur un gémissement mêlé. Elle s'arqua en plongeant sa langue entre ses lèvres, le mollet replié sur ses fesses. Un cri d'agonie lui échappa. Elle se perdait un peu plus à chaque assaut et s'abandonnait à leur parfaite symbiose ; au désir inné de jouir à l'unisson. Son orgasme approchait, et, comme s'il l'avait senti, il se fit plus ardent encore. Le monde entier n'était plus que le chemin étroit de leur plaisir, et soudain, le temps d'un battement d'un cœur, elle crut qu'il avait frôlé l'extase sans elle ; puis, une jouissance absolue l'engloutit. Elle ne savait plus définir les frontières de leurs deux êtres ; tous deux tremblants, pulsants, offerts et unis. Tous deux absolument, parfaitement, magnifiquement dévastés.

8.

Quand Rhys se retira, la dernière friction de leurs peaux le fit frissonner d'un bonheur ineffable. Il tomba sur le dos et écouta Sopi pousser un soupir de satisfaction suprême.

Il resta immobile, à l'instar d'un naufragé sur une plage silencieuse. La tempête l'avait épuisé. Le souffle court de Sopi résonnait doucement. Leurs mains se joignirent naturellement, un geste de réconfort et de complicité.

Mais une sonnette d'alarme tintait dans les tréfonds de son esprit. Il avait tenté de se maîtriser autant que possible, afin d'assurer le confort de Sopi… Mais il s'était perdu lorsqu'il l'avait sentie autour de lui. Abandonné à un plaisir sans limite, si profond qu'il aurait pu en devenir addictif.

Mais non : c'était simplement la nouveauté du sexe sans protection, voilà tout. Il resserra ses doigts autour des siens et ferma les yeux, submergé par le désir de la garder contre lui.

Il aurait dû se méfier de l'attraction dangereuse qui l'avait poussé à la poursuivre à travers la neige et la forêt. Avec le recul, il comprenait sans peine qu'il avait saisi l'opportunité de son ascendance royale pour exaucer ses vœux silencieux – l'avoir ici, avec lui, son corps nu près du sien.

Et voilà qu'ils avaient officiellement commencé leurs tentatives de procréation. Cette idée lui fit l'effet d'un météore, et une kyrielle d'émotions contradictoires le frappa de plein fouet ; l'inquiétude, la fierté, l'excitation ; la peur de l'inconnu et de l'incontrôlable, avant toute chose.

Il jeta un bras libre sur ses yeux, le poing serré. Comment espérait-il affronter ses responsabilités de front s'ils venaient à avoir un enfant, alors que cette simple hypothèse le plongeait dans le désarroi ? Il s'était piégé lui-même, et cette position impossible était maintenant inextricable.

— Merci, murmura Sopi à côté de lui.

Elle se tourna et accrocha sa cuisse à la sienne. Le visage enfoui contre son épaule, elle y déposa un baiser. Ses sens s'éveillèrent instantanément, et une nouvelle ardeur assaillit la chair lasse entre ses cuisses. Le désir irrésistible, intolérable de la prendre dans ses bras manqua de le terrasser.

Mais il ne pouvait pas la repousser, passionnée et vulnérable qu'elle était. Il se détestait peut-être d'avoir succombé à son désir pour elle, mais il se haïrait tout à fait s'il lui faisait du mal. Il passa son bras autour d'elle et l'attira tout contre lui. Son mollet fin glissa entre les siens.

— Comment une femme aussi passionnée pouvait-elle être encore vierge ?

— Voyons, je te réservais toutes mes faveurs, fit-elle en riant.

Son cœur idiot rata un battement. Il n'avait jamais mis la virginité sur un piédestal, évidemment. Et pourtant, la promesse amusée de ses mots l'emplissait d'une allégresse irrationnelle. Oh ! il courait à sa perte.

— Est-ce que tu as… aimé ?

Il attrapa sa main et mordilla le bout de ses doigts.

— Sopi, c'était parfait. *Tu* es parfaite. Mais tu devrais peut-être dormir, avant que je ne me propose de réitérer l'expérience. Juste pour vérifier.

Avec un ronronnement amusé, elle se frotta contre lui.

— Comment pourrais-je trouver le sommeil tant qu'une question si cruciale nous torture ?

Un frisson courut sur sa nuque. La réticence le taraudait toujours, mais ses instincts les plus primitifs triomphèrent une nouvelle fois. Il ferait preuve de retenue demain. Il l'attira sur lui, et lorsque ses cheveux cascadèrent autour d'eux comme un voile, il oublia toutes ses angoisses.

Sopi n'était pas assez naïve pour croire que tomber amoureuse était l'affaire de quelques semaines, et néanmoins, néanmoins… Ce qu'elle ressentait pour Rhys gagnait chaque jour en intensité.

Plus elle en savait sur l'histoire de Verina et les obstacles qu'il avait surmontés, et plus elle l'admirait pour son succès et sa force. Le sort du monde et de son pays lui importait réellement. Il soutenait de nombreuses associations caritatives et travaillait à développer des initiatives écologiques ; en privé comme en public, il était sincère et généreux. Spirituel, intelligent, il lui laissait la liberté de trouver sa voie, mais restait à ses côtés pour la soutenir dans ses décisions. Et lorsqu'ils étaient seuls, il se montrait naturellement romantique – la caresse d'une rose contre sa joue, une bague offerte sur le balcon au-dessus du lac…

Et il y avait les nuits, les merveilleuses nuits où leur passion insatiable s'embrasait à chaque caresse.

De nouveau, elle compta les jours écoulés, et son cœur s'affola. Elle n'était en retard que d'une journée – aucune raison de paniquer pour le moment. Ce dernier mois avait été mouvementé. Elle avait déménagé à Verina, découvert son nouveau statut, affronté l'attention du public. Son cycle avait très bien pu en être bouleversé. Et pourtant, elle ne put réprimer un sourire. Un bonheur intense étincelait sous ses paupières closes. Peut-être était-elle réellement amoureuse. Pourquoi aurait-elle été si extatique à l'idée d'être enceinte, dans le cas contraire ? C'était l'envie de porter l'enfant de Rhys. Parce qu'elle… l'aimait.

Elle attendit quelques jours de plus avant de lui en parler, de peur de lui donner de faux espoirs. Ils étaient à Paris et se préparaient pour la soirée officielle de leurs fiançailles. Leur mariage était prévu pour le mois prochain, mais le bal d'aujourd'hui camouflait le traitement de Henrik, qui devait se faire opérer à la Clinique de Paris.

Lorsque leurs domestiques et leurs assistants s'éclipsèrent, elle rejoignit Rhys. Il pivota, et ses yeux brillants d'admiration glissèrent sur elle comme une caresse.

— Tu es sublime.

— Je suis en retard.

Il jeta un coup d'œil à la pendule.

— Juste ce qu'il faut. Nous sommes les invités d'honneur.

— Non, je veux dire…

Le quiproquo lui arracha un sourire ; il comprit soudain, et recula d'un pas, visiblement choqué.

— En retard, répéta-t-il. Tu en es… sûre ?

En entendant sa voix blanche, son sourire s'évanouit.

— Je suis sûre que je suis en retard, mais rien d'autre. Cela arrive quand je suis nerveuse. Je prendrai rendez-vous avec le docteur à notre retour, mais je voulais t'en parler.

Ces dernières semaines, ils avaient pris l'habitude de se montrer affectueux l'un envers l'autre. Elle esquissa un pas pour se glisser dans ses bras, mais il l'arrêta d'un regard.

— Tu n'es pas content, remarqua-t-elle.

— Oh ! si, bien sûr, assura-t-il. Mais rien n'est confirmé…

Elle hocha la tête, les joues brûlantes. Et dire qu'elle avait imaginé une conversation pleine de rire et d'impatience, qu'elle avait eu des mots d'amour sur le bout de la langue…

— Je ne veux pas être pessimiste.

Il l'attrapa par les coudes et frôla sa joue d'un baiser.

— Elise a connu beaucoup de déceptions. Je préfère attendre d'avoir une confirmation avant de me réjouir.

Pourquoi lui mentait-il ? Il évita son regard et se détourna avant de lui offrir galamment le bras.

— Allons-y. Je veux que Henrik puisse partir tôt.

Rhys muselait solidement ses émotions, de peur qu'une seule ne déchaîne toutes les autres. Une partie de lui aurait voulu crier de joie, mais non – rien n'était confirmé, un millier de complications pouvaient encore voir le jour. Et sa culpabilité le heurta de plein fouet, plus puissante et plus sombre que jamais. Infecté par le secret de son hypothétique héritier, il avait l'impression de trahir son frère.

Henrik avait porté un toast à leur union, avait dansé avec Elise, et avait fait le tour de la pièce pour parler avec leurs invités. Il venait de le rejoindre. Il était pâle, et Rhys aurait préféré qu'il se retire.

— Tu avais raison, déclara Henrik en observant Sopi. Elle est plus forte qu'elle n'en a l'air. Tu l'as bien choisie.

Évidemment. Sopi faisait honneur à sa destinée. Ce soir, elle portait une robe de soie champagne, brodée de pierreries. Ses cheveux étaient relevés et ornés d'épingles étincelantes. Il ne pouvait s'empêcher d'imaginer leur douceur, glissant lentement le long de son ventre et de ses cuisses… Une distraction qu'il ferait mieux de remettre à plus tard. Il détacha son regard d'elle à regret ; lorsqu'il leva les yeux, son frère l'observait avec une attention amusée.

— Vous êtes tous les deux très convaincants.

— Pardon ?

— Vous avez l'air parfaitement amoureux.

— C'est le but, riposta-t-il sèchement.

Et pourtant, il était conscient que ses sentiments n'étaient pas aussi artificiels qu'il le prétendait. Quand il ne fantasmait pas sur ses ébats avec Sopi, il demandait à Gerard d'aller la voir pour s'assurer qu'elle n'avait pas besoin de lui. Pendant ce temps-là, elle avait pris ses marques au palais. Elle avait gagné l'amour du public et de la presse, et endossait ses responsabilités avec brio. Elle ne lui avait demandé son aide qu'une seule fois, à propos du rapport que Francine avait dressé sur Cassiopeia. Elle avait voulu une opinion extérieure, inquiète d'être trop impliquée pour être objective ; mais ses instincts étaient infaillibles.

Il était si fier d'elle ; et voilà qu'elle répondait même

aux exigences de leur accord. Un héritier. Pourtant, il ne s'était jamais senti plus vulnérable et plus coupable.

— Elise est convaincue que Sopi est amoureuse de toi.

Rhys retomba sur terre et foudroya son frère du regard ; mais Henrik le fixait lui aussi d'un air sévère.

— Je ne peux pas contrôler ses sentiments, se défendit-il.

En cela aussi, il se sentait déchiré. Il voulait la protéger, la garder dans ses bras pour toujours, mais sa raison lui criait de prendre ses distances et d'écarter le péril.

— Est-ce que tu ressens la même chose ?

— Pourquoi me demandes-tu une chose pareille ? Et ici, qui plus est ?

Converser sans cesse devant témoins avait depuis longtemps perfectionné leur impassibilité, et leur irritation mutuelle ne se lisait aucunement sur leurs visages.

— À ta soirée de fiançailles ? railla Henrik.

— Je ne me mêle pas de ta relation avec Elise. Je te prierai de faire de même.

Cette fois-ci, Henrik ne put retenir son éclat de rire.

— Tu veux dire, à l'exception des trois ans pendant lesquels tu m'as harcelé pour que je la demande en mariage ?

— Tu étais insupportable. J'ai rendu service à l'humanité.

— Je voulais lui donner le choix. Je ne savais pas à quoi mon futur ressemblerait. Allais-je reprendre le trône et lui offrir ma couronne ? Perdre tous les investissements hasardeux que nous avions engagés, et vivre avec elle dans une masure ? Je ne savais même pas si le conseil l'accepterait, *elle*. Je l'aimais trop pour fonder notre vie ensemble sur des fausses promesses.

— Je n'ai rien promis à Sopi.

— Vraiment ? Comme je te l'ai dit, tu es un amoureux très crédible, et si tu ne l'aimes pas *réellement*…

— Je tiens à elle, évidemment, s'agaça-t-il.

— Rhys, cela ne suffit pas. Elle a offert sa vie pour cet arrangement. Et à *toi*, son cœur.

Bien sûr, il en était conscient – et si elle portait son enfant, elle serait irrémédiablement investie. Il lui avait promis de la soutenir, de l'épauler. Il n'avait pas l'intention de revenir sur sa parole, mais il ne voulait pas aller plus loin. Pas risquer un sentiment qui menacerait de les détruire.

Et cette résolution l'écartelait chaque jour un peu plus.

— Je préférerais que tu te concentres sur ta femme et toi, Henrik.

— Je n'ai jamais compris pourquoi tu t'accroches à ta solitude. Que risques-tu à t'ouvrir aux autres, Rhys ? Elise est mon support, ma force. Laisse Sopi l'être pour toi.

Les sentiments et l'intimité promettaient toujours la souffrance. Et ce fardeau n'appartenait qu'à lui ; pas question de l'infliger à Sopi. Non, pour le bien de tous, il devait raffermir ses défenses.

Sopi était parvenue à garder le sourire, mais son regard cherchait sans arrêt celui de Rhys, et l'inquiétude lui rongeait l'estomac. Pourquoi sa réaction avait-elle été si froide ?

À ce moment précis, il discutait avec Henrik. Elise avait trouvé sa place dans leur dynamique, et son union avec Henrik avait la priorité sur la loyauté fraternelle parce qu'elle était fondée sur un amour profond. Jusqu'à ce soir, Sopi n'avait pas su interpréter la distance subtile qu'elle avait toujours sentie entre eux et elle ; une sorte d'inégalité. Mais la réponse était d'une simplicité désarmante ; si elle était amoureuse de Rhys, lui ne l'aimait pas.

Sopi profita d'un silence dans sa conversation pour s'excuser. Elle s'éloigna et se glissa sur l'un des petits balcons excentrés pour s'allouer un instant de solitude.

Quelle ironie. C'était elle qui avait résisté à son mariage avec Rhys, effrayée que le monde des contes de fées ne soit trop beau pour elle ; et voilà qu'elle désirait plus qu'une promesse, plus qu'une couronne. Elle voulait une déclaration d'amour indéfectible et un *et ils vécurent heureux*.

Elle voulait toucher le cœur de Rhys comme il touchait

le sien. Les larmes lui brûlaient les yeux ; mais de quoi se plaignait-elle ? Les choses se passaient bien au palais. Elle était de plus en plus proche d'Elise et elle avait même arraché un rire ou deux à Henrik. Elle avait endossé ses responsabilités sans encombre et elle était impatiente de devenir mère.

C'était idiot. Elle était simplement nerveuse à cause du mariage imminent, ou de ses hormones chaotiques. Alors qu'elle clignait des yeux et ravalait les pleurs qui lui nouaient la gorge, un picotement brûla sa nuque. La baie vitrée s'ouvrit derrière elle.

— Tiens, tiens.

La voix bien connue lui fit l'effet d'une lame le long de son échine. Elle se raidit et lutta contre le désir instinctif de serrer les poings. Depuis son départ de Lonely Lake, elle n'avait songé que rarement à sa belle-famille, et sans une once de regret. Elle s'accorda un instant pour faire tomber le masque, camoufler sa tristesse, puis se tourna vers Nanette.

Sa demi-sœur portait une audacieuse robe noire au jupon de mousseline fendu. Ses lèvres écarlates s'étirèrent sur un sourire mauvais pendant qu'elle avançait vers elle avec une souplesse vipérine.

— Surprise ? railla-t-elle.

— Je ne savais pas que tu étais invitée.

Dans le cas contraire, elle aurait peut-être pris des mesures pour remédier à la situation. Elle ne voulait pas se venger de sa belle-famille, mais elle n'avait aucune envie de les revoir.

— Je n'arrive pas à croire que tu ne nous aies pas conviées personnellement. Mais c'est vrai que les subtilités élémentaires du savoir-vivre t'ont toujours dépassée.

Sopi n'avait que quelques secondes pour examiner ses options. Faire une scène était hors de question, mais elle ne laisserait pas Nanette l'intimider. Sa nouvelle assurance avait été trop durement gagnée pour chanceler sous ses attaques. Rhys aurait été déçu si elle laissait sa demi-sœur triompher ; et elle serait déçue d'elle-même.

Elle n'avait qu'une solution : faire preuve de patience, en exsudant la sophistication qu'elle développait chaque jour.

— Je suis ravie de te voir, mentit-elle. Où avez-vous finalement décidé de vous installer ?

Nanette lâcha le petit rire plein de dédain qu'elle lui avait toujours réservé, déterminée à la provoquer.

— Ah, tu veux vraiment jouer à ce petit jeu ? Je vois. Oui. Maman a loué un ridicule petit appartement à Vienne. Elle n'a pas pu trouver mieux. Tu aurais peut-être pu mentionner que tu étais de sang royal.

— Je suis étonnée que Maude ne l'ait jamais découvert. Elle a toujours trouvé ma famille si *enrichissante*.

Voilà ; elle n'avait pas pu s'empêcher de s'abaisser au niveau de Nanette. Le mouvement de son garde du corps, derrière la baie vitrée, la fit lever les yeux. Elle lui indiqua qu'il n'avait pas besoin d'intervenir.

— Oh ! tu sais te défendre, maintenant ?

Sopi se fit violence pour détendre ses poings serrés. Elle leva le menton et lui jeta un regard glacial.

— Quelqu'un m'a dit un jour de fixer mes propres standards et de ne jamais les compromettre, rétorqua-t-elle. Maintenant, si tu veux bien m'excuser…

— Pardon, converser avec ta demi-sœur est en dessous de toi, depuis que tu as un titre et un fiancé fou à lier ?

— Bien sûr que non, mentit Sopi. Calme-toi, Nanette. Tu m'as martelé tant de fois que tu étais trop bien née pour faire preuve de vulgarité.

— Ce n'est pas de la vulgarité si je me contente de relayer une trahison.

— *Je* t'ai trahie ? s'étrangla Sopi, outrée. Tu as vendu ma maison derrière mon dos !

— On dirait plutôt que tu as monté ton coup contre nous ! Comment connaissais-tu Charlemaine ?

— Je ne le connaissais pas.

— Impossible ! s'exclama Nanette, furieuse. Comment

aurait-il pu découvrir ton identité aussi vite ? Je n'arrive pas à croire qu'il t'ait choisie, avec ou sans titre royal. A-t-il besoin d'argent ? Tu as reçu un héritage, peut-être ?

— Ça suffit, Nanette, pesta Sopi, les joues brûlantes de rage. Tais-toi avant que la situation ne dégénère.

— Dégénérer ? La situation a dégénéré le soir où nous avons été jetées dehors, dans la neige, à minuit !

— Je n'y suis pour rien.

Le regrettait-elle ? Pas autant qu'elle l'aurait dû.

— Tu as pris le contrôle de l'hôtel ce soir-là. Bien sûr que l'ordre venait de *toi*, espèce de garce.

Garde ton sang—froid, Sopi. À travers la vitre, elle nota un nouveau mouvement, mais il n'était pas question de demander de l'aide.

— C'est faux. Mais la date de votre départ n'a jamais appartenu qu'à vous, Nanette. Tu aurais pu partir bien avant.

— Tu crois peut-être que tu as gagné la guerre ? Détrompe-toi tout de suite, riposta Nanette. Propose-moi immédiatement compensation pour ton comportement, ou je me verrai obligée d'annoncer à tous tes invités que tu n'es qu'une femme de ménage avec un talent inné pour la prostitution de haut vol. Personne ne croit que vous êtes *amoureux*, tu sais. De toute évidence, tu l'as compromis d'une façon ou d'une autre, et tu lui fais du chantage.

— *Qui* fait du chantage à qui ? railla Sopi.

Nanette inclina la tête et lui offrit un sourire fielleux.

— Donne-moi une bonne raison de me taire.

Sopi avança d'un pas, mue à la fois par une rancœur ancienne et par des sentiments bruts, si intenses qu'elle ne savait comment les contrôler. Une chose était sûre, elle ne se laisserait plus jamais piétiner par sa famille. Et elle ne permettrait pas à Nanette de nuire à Rhys, quoi qu'il arrive.

Le menton levé, elle puisa une détermination glaciale dans le tréfonds de sa poitrine. Le sentiment de son propre pouvoir la stabilisa. D'une voix impérieuse, elle déclara :

— Réfléchis une seconde, Nanette. Tu sais qui je suis, maintenant. Tu ne veux pas entrer en guerre contre moi.

— Je sais qui tu es. Tu n'es qu'une moins-que-rien, Sopi.

— Je m'appelle Cassiopeia, dit Sopi en souriant. Mais *tu* peux m'appeler *Votre Altesse.*

Nanette émit un cri de rage ; la gifle retentit comme un coup de fouet. Sopi recula de quelques pas, choquée, la joue pulsant de douleur. La baie vitrée s'était ouverte à la volée, et Rhys saisit Nanette d'un geste brusque avant de la pousser vers le garde du corps.

— Sortez-la d'ici. Faites-la arrêter pour agression.

— Quoi ? Vous ne pouvez pas faire ça !

Ses hurlements de protestation s'évanouirent quand le garde du corps mentionna une paire de menottes. Avec un regard brillant de haine, elle se laissa escorter par l'agent.

— Tu es blessée ? s'enquit Rhys en se positionnant devant elle pour bloquer la vue des curieux.

Elle avait un goût métallique sur la langue, et sa mâchoire était brûlante lorsqu'elle la palpa doucement. Elle secoua la tête et s'approcha de lui en pensant qu'il la serrerait contre lui. Il se contenta de passer un bras autour de ses épaules.

— Je vais faire monter de la glace. Rentrons.

— Que vont penser nos invités si nous partons ?

— Je ferai une déclaration plus tard. Ne t'inquiète pas.

Son ventre se noua d'appréhension. Il avait l'air fou de rage. Il se détacha et avança pour lui tenir la porte. Heureusement, le balcon était à l'extrémité de la salle de bal, tout près des grandes portes. Ils n'eurent qu'à traverser le grand hall, où quelques témoins murmurèrent sur leur passage, avant de sortir de l'hôtel et de grimper en voiture sous l'œil vigilant de leurs agents.

— Je suis désolée. Je ne savais pas qu'elle viendrait.

Il leva les yeux vers le garde du corps.

— Trouvez qui l'a amenée. Bannissez-le de nos listes.

L'agent hocha la tête et pressa son oreillette pour faire passer l'instruction.

Elle posa une main sur son bras. Il était rigide et inflexible comme du granit. Dur comme un diamant brut.

— Rhys… La personne qui l'a invitée n'est pas en faute.

— Il a menti aux équipes de sécurité pour la faire entrer. Si j'avais vu son nom sur la liste, je lui aurais refusé l'accès.

Une fois arrivé dans leurs appartements, il ordonna à une assistante de lui apporter une poche de glace. La jeune femme revint avec une compresse.

— Dois-je faire venir le docteur ?

— Je vais bien, répéta Sopi.

— Notez les noms de Maude, Fernanda et Nanette Brodeur. Je veux une alerte pour chacune. Dressez un rapport le plus vite possible. Leur adresse, leurs fréquentations. Leurs informations financières. Faiblesses et moyens de pression. Dites à Gerard de me mettre en relation avec mon avocat et mon attaché de presse le plus vite possible.

— Bien sûr, sire.

Elle les quitta, et Sopi se tourna vers lui.

— Elle n'avait pas l'intention de me gifler. Je l'ai provoquée, admit-elle. J'aurais dû partir. C'était ma première opportunité de me défendre d'égale à égale et…

Et elle était déjà bouleversée et inquiète parce qu'il avait réagi si froidement aux nouvelles de sa potentielle grossesse.

— Je lui ai dit de m'appeler *Votre Altesse*, fit-elle avec une grimace.

— Et pourquoi pas ? C'est ce que tu es.

— Non, j'ai été aussi mesquine qu'elle. C'est ma faute.

— Ne sois pas stupide.

Elle ne l'avait jamais vu aussi froid, aussi distant.

— T'a-t-elle déjà frappée ? Tu aurais dû m'en parler.

— Non ! Jamais ! Je ne pensais pas qu'elle en était capable. C'est pour cela que j'ai fait signe au garde du corps de rester à l'intérieur. Et je ne pense pas qu'elle recommencera ; ne t'inquiète pas.

— Ne pas *m'inquiéter* ? Bien sûr que je m'inquiète ! Je

ne tolérerai aucune violence envers les miens, tu entends ? L'agression peut tourner au siège en un clin d'œil !

Oh. Elle comprenait, soudain, ce qui inspirait son implacable rage. Elle se laissa tomber sur le canapé, la compresse toujours dans la main.

— Est-ce que tu veux en parler ?

— Il n'y a rien à dire. Je fais ce que j'ai à faire. Nous ne retournerons pas à cette soirée. Tu peux te changer, te reposer. Mais mets cette poche de glace sur ta joue.

Son regard fila vers sa mâchoire, qui pulsait toujours de douleur. La culpabilité avait légèrement adouci ses traits.

— Je n'aurais pas dû te laisser seule. Cela n'arrivera plus.

— Rhys, ce n'est pas de ta faute.

Il se raidit. Il s'était fermé à ses arguments. Il ne la laisserait pas le convaincre, pas l'apaiser…

— Je vais prendre un bain, murmura-t-elle. Viens me chercher si tu as besoin de quelque chose.

Elle se réveilla quelques heures plus tard. Rhys ne l'avait pas rejointe au lit. Perplexe, elle se leva et le trouva dans la chambre d'amis.

— Je ne voulais pas te déranger, déclara-t-il lorsqu'elle poussa la porte déjà entrouverte. Tu as besoin de repos.

— Rhys, arrête, je vais bien.

Une légère marque rouge, rien de plus. Elle traversa la pièce et souleva les couvertures pour se coucher près de lui. Il l'arrêta d'un geste, la main sur le drap.

— Que fais-tu ?

— Je veux dormir avec toi.

Elle haussa les sourcils, puis retira sa nuisette d'un mouvement fluide. Elle la laissa tomber sur le sol et baissa les yeux vers lui, nue dans la lumière de la lune.

— Je ne suis pas au mieux de ma forme, Sopi.

Elle avait remarqué, mais elle ne savait pas comment se rapprocher de lui, si ce n'était physiquement. Elle s'assit sur le lit et se mit à dénouer sa tresse sans baisser les yeux.

— Je ne suis pas d'humeur à jouer, proféra-t-il, les dents serrées, en attrapant ses mains pour l'arrêter.

— Tu as besoin de te détendre.

Pourquoi se comportait-il de cette façon ? Était-ce à cause de la grossesse ? De Nanette ? Ou de quelque chose qu'il tenait à passer sous silence, d'une douleur qu'elle lui avait infligée sans le vouloir ? Elle baissa le visage vers le sien, mais ne parvint pas à l'embrasser ; d'un mouvement agile, il la fit tomber sur le dos et se dressa au-dessus d'elle.

— Tu ne devrais pas être ici, Sopi. Je ne me contrôle pas assez, ce soir.

— Rhys, ne sois pas ridicule, tu n'es pas un loup-garou. Je n'ai pas peur de toi. Tu ne me ferais jamais de mal.

Elle tira gentiment sur sa barbe, puis vint prendre sa nuque pour l'incliner sur elle. Les doigts de Rhys s'enfoncèrent dans la courbe de ses épaules, en signe de refus ; les muscles de son dos jouaient sous sa nuque tendue. Elle releva le visage pour poser ses lèvres sur les siennes.

Il émit un grognement animal et répondit en la pressant sous lui. La tendre séduction à laquelle il l'avait habituée s'était évanouie ; il ne restait ce soir qu'une avidité primitive, le besoin de la traîner avec lui dans l'abysse. Elle l'accueillit dans ses bras en cherchant une position plus confortable et sentit la dureté de son désir à travers la couverture. Il resserra son étreinte en faisant glisser ses dents sur sa peau. Il aspira sa chair avant de prendre son sein d'une main impérieuse.

Quand il suça son téton, le plaisir la déchira comme un éclair d'or. D'habitude, cette intensité naissait d'une lente attention, mais ce soir, il la projeta sans pitié au cœur d'une tornade vertigineuse de sauvagerie. Et sous le masque civilisé dont il se départait soudain, elle le reconnaissait instinctivement, de façon purement bestiale.

Elle encouragea son offensive en serrant le poing sur ses cheveux soyeux pour retrouver ses lèvres. Elle enfonça sa langue entre ses lèvres, mais il ne la laissa pas se transformer en prédateur ; il prit sa joue entre ses doigts et baisa sa bouche avec un érotisme patient, jusqu'à ce qu'elle se laisse fondre contre lui, le corps secoué de frissons.

Puis, avec un gémissement d'animal blessé, il arracha les couvertures qui les séparaient toujours. Son bras puissant replia sa jambe, si haut qu'elle se trouva parfaitement impuissante tandis qu'il l'accostait sans effort, chaque centimètre attisant leur extase.

— Arrête-moi, ordonna-t-il.

Elle secoua la tête, étranglée de désir.

— Continue.

Avec un grondement guttural, il la pénétra jusqu'à la garde, et s'assura d'un mouvement de hanches qu'il la possédait aussi intimement que possible. Elle n'avait jamais vécu quelque chose d'aussi brut, d'aussi indomptable. Il la suffoqua d'un baiser brûlant, emprisonna son autre jambe de son bras libre, et s'agenouilla sur le matelas, les yeux fixés sur elle, pendant qu'il allait et venait en elle. Elle était noyée en lui ; prête à lui obéir en toutes choses, à le soutenir de façon indéfectible. Piégée par son étreinte, elle se perdit dans l'océan de ses yeux pendant qu'il la surplombait, tout-puissant. Elle aurait voulu se redresser pour l'embrasser, mais ses cheveux étaient coincés sous son dos et la retenaient aussi sûrement que les bras de Rhys ; elle ne pouvait que caresser sa peau moite, ses muscles raides et mouvants. Elle ne pouvait résister au plaisir infini qu'il embrasait en elle.

— Rhys…, supplia-t-elle, la gorge nouée.

Il attrapa soudain ses fesses pour incliner ses hanches. Ce nouvel angle éveilla de nouvelles parcelles d'exaltation et l'avidité monta en elle, pure, aiguë, divine. Il pencha le visage pour goûter ses lèvres, et elle lécha sa bouche, abandonnée, submergée par une vague incendiaire.

Éperdue, elle l'encourageait à continuer, à ne jamais s'arrêter, mais elle ne pouvait supporter longtemps l'intensité de sa propre fièvre ; et le monde explosa autour d'elle. Il plongea profondément en elle et s'immobilisa, à l'instar d'une palpitation torride, alors qu'elle se tordait d'un plaisir insoutenable, bercée par le chœur de leurs gémissements.

Épuisé, Rhys s'aperçut soudain qu'il écrasait Sopi sous lui et se força à rouler sur le côté. Plus tôt dans la soirée, il avait essayé de calmer sa fureur. Il n'avait pas réussi à s'endormir. Il avait envie de Sopi, mais elle dormait, et il ne faisait pas confiance à ses pulsions. Il s'était forcé à prendre l'autre lit, et s'était couché en silence, torturé par le désir, et choqué par la violence de ses sensations. Pouvait-il épouser Sopi alors que la retenue l'abandonnait si facilement ?

Quand il avait entendu ses pas, il aurait voulu crier son besoin d'elle ; et elle avait répondu en s'offrant à lui. Il n'avait pas résisté plus d'une seconde. Il l'avait prise comme un fauve en rut. Angoissé, il se tourna vers elle.

— Je ne t'ai pas blessée ?

— Bien sûr que non, fit-elle en tendant le bras vers lui.

— J'ai été trop brutal.

Il ne la laissa pas le toucher. Il ne savait pas s'il pourrait se retenir. Il s'assit sur le bord du lit.

— Rhys…

Elle s'installa derrière lui et l'étreignit entre ses bras et ses genoux. Ses seins se pressaient doucement contre son dos. Son parfum l'enveloppa, irrésistible. Il dut se faire violence pour ne pas se retourner et la prendre dans ses bras.

— Ce n'est pas la première fois. C'est excitant.

Mais quelque chose s'était déchaîné en lui. La colère d'avoir hésité sur le seuil du balcon, pour laisser Sopi affronter sa demi-sœur elle-même. Puis la main levée de Nanette, la violence de sa gifle, et sa propre impuissance – il aurait pu la tuer, à cet instant-là.

Ses sentiments pour Sopi étaient devenus trop difficiles à maîtriser. Et pourtant, il ne pouvait pas la laisser partir. Et si elle était déjà enceinte ? Elle mordilla son épaule, et la chaleur de sa bouche attisa ses instincts les plus primitifs.

— Je te l'aurais dit, si tu m'avais fait du mal. Vraiment, Rhys. Cela me fait plaisir que tu te laisses aller, pour une fois. Je me suis sentie désirée et attirante. Complète.

Bien sûr, elle avait compris qu'il se contenait avec elle, qu'il ne pouvait pas s'abandonner émotionnellement. Elle était brillante, après tout. Il se leva brusquement.

— Perdre le contrôle n'est pas une bonne chose, Sopi.

Oh ! il se détestait de lui faire du mal. Même dans la pénombre, un éclair de souffrance assombrit son joli visage.

— Bien sûr que si. Cela signifie que notre relation est assez solide pour que nous puissions nous faire confiance. C'est ce que tu voulais, non ?

— Tu pourrais être enceinte ! s'écria-t-il.

Frustré, il passa une main nerveuse dans ses cheveux.

— Pour l'amour du ciel, tu n'as pas été *violent*.

— Je me suis comporté comme un vulgaire animal.

— C'était décomplexé. Passionné. C'était juste… faire l'amour, réellement. Pour *moi*, en tout cas.

— Arrête, coupa-t-il, glacé et vulnérable dans la lumière bleue de la nuit. Ne tombe pas amoureuse de moi, Sopi.

— Pourquoi pas ? cria-t-elle avec un sursaut de colère qui le frappa en plein cœur.

— Parce que je ne *peux pas* tomber amoureux de toi.

Et il ne pouvait pas non plus rester et voir ses yeux se remplir de larmes.

— Tu peux dormir ici. Je vais dans l'autre chambre, conclut-il.

Il la quitta avant d'en être incapable.

9.

Les minutes, les heures, les jours suivants passèrent dans une sorte d'engourdissement lancinant. Rhys ne l'aimait pas et refusait d'en parler.

Sopi avait pris rendez-vous chez le médecin pour la fin de semaine. En attendant, elle se jeta éperdument dans les tâches palatiales. Les essayages pour sa robe de mariée auraient dû la remplir de joie, mais elle ne pouvait qu'attendre la fin du calvaire en retenant ses larmes.

En public, Rhys et elle continuaient de jouer au couple idéal, mais ils dormaient dans des chambres séparées et s'adressaient à peine la parole en privé. Plusieurs fois, elle surprit une expression de douleur sur son visage ; mais elle était trop blessée pour supporter ses remords.

Elle aurait probablement dû prier pour ne pas être enceinte. Une grossesse l'attacherait irrémédiablement à un homme qui ne l'aimait pas. Et pourtant, elle espérait de tout son cœur qu'elle attendait son enfant. Depuis qu'elle avait quitté le Canada, elle s'était sentie perdue, esseulée. Elle avait besoin d'une famille. Un bébé lui aurait permis de construire ce lien que Rhys refusait de lui accorder.

Toutefois, l'arrivée de ses règles, le matin même de son rendez-vous médical, anéantit tous ses espoirs.

Rhys l'attendait dans le petit salon pour l'accompagner chez le docteur. Bouleversée, elle étouffa un cri silencieux dans une serviette, puis pressa ses paupières, arrangea son maquillage, et prit une profonde inspiration. En entrant dans le petit salon, elle trouva même la force de sourire à Gerard.

— Pourriez-vous annuler mon rendez-vous avec le médecin et nous laisser seuls ? demanda-t-elle.

— Bien sûr.

Rhys accusa visiblement le choc. Il avait une réunion après la consultation et portait un costume élégant, mais son visage était pâle et émacié. Pour la première fois depuis des jours, il semblait avoir baissé les armes.

— Que se passe-t-il ? s'enquit-il sans la lâcher du regard.

Tout allait mal, voilà ce qu'il se passait. Comment avaient-ils sombré dans ce cauchemar, alors qu'elle avait eu l'impression de vivre un rêve éveillé une semaine plus tôt ?

— Je ne suis pas enceinte.

Un éclair de souffrance fendilla son masque, et il fit un pas en arrière, chancelant sous l'impact de ses mots. Il se reprit presque immédiatement.

Étouffée par le chagrin, elle attendit en vain qu'il lui murmure sa compassion, qu'il la prenne dans ses bras. Il entrouvrit les lèvres, mais sembla changer d'avis à la dernière seconde. Elle le comprit néanmoins.

La prochaine fois.

Soudain foudroyée par l'énormité de la situation, elle se laissa submerger par la panique. Qu'avait-elle fait ? Elle avait accepté de l'épouser. Accepter de faire l'amour avec lui et d'avoir ses enfants. Et elle devrait supporter cette vie pour toujours, en sachant parfaitement qu'il ne l'aimerait jamais. Son estomac se retourna. L'image de Rhys s'embrouilla à travers le voile de ses larmes.

— Nous pourrons réessayer, mais pas ce soir. Je t'informerai lorsque je serai… *prête.*

— Sopi…

Elle avait déjà tourné les talons, et claqua la porte sans lui répondre. Un mur entre elle et lui, comme le mur qu'il avait dressé entre lui et elle.

Resté seul, Rhys crispa les mains sur le dossier du canapé et inspira doucement. Voilà pourquoi il ne pouvait tomber amoureux d'elle. Ce bébé n'avait jamais existé, et il en faisait déjà le deuil ! Il ne s'était pas autorisé à y croire, il avait essayé d'attendre la confirmation du médecin, rejeté les fantasmes de paternité, et pourtant, il était dévasté par la nouvelle. Il avait désespérément cherché les mots adéquats pour apaiser le désespoir de Sopi, et malgré ses efforts, elle avait deviné ses platitudes et compris son impuissance.

Il passa une main sur son visage. Il aurait aimé lui faire l'amour – pas pour concevoir, mais pour retrouver l'intimité qui lui manquait tant. Pour la serrer dans ses bras et murmurer des idioties à son oreille.

Henrik avait tort ; il n'avait pas *bien* choisi. Il avait fait un choix égoïste. Il s'était laissé guider par son instinct, il avait manipulé la situation afin qu'elle accepte sa demande, et il lui avait fait du mal en retour.

Le lendemain, un message urgent l'attendait à son réveil : Elise et son frère rentraient de Paris dans la journée, et voulaient le voir dès leur arrivée. La bouche sèche, il heurta Sopi de plein fouet lorsqu'elle entra précipitamment dans la salle à manger, le visage tiré par l'inquiétude.

— Pourquoi rentrent-ils déjà ?

— Je ne sais pas.

Toutes ses hypothèses étaient alarmistes. Il avait traversé les derniers jours comme un automate, et ce nouveau choc était le coup de grâce. Sopi dut lire l'inquiétude sur son visage, car elle glissa soudain sa main dans la sienne.

— Je ne resterai pas s'ils préfèrent te voir seul, mais je vais t'accompagner dans leurs appartements, d'accord ?

Il aurait dû lui dire que ce n'était pas nécessaire, mais il ne put que serrer sa main de toutes ses forces. Il la tenait toujours dans la sienne quand un assistant vint annoncer l'arrivée du couple. Ils marchèrent ensemble jusqu'aux appartements royaux.

Il avait la langue pâteuse, la poitrine brûlante, la

gorge aride. Dieu merci, Sopi se chargea de sourire à son frère lorsqu'ils entrèrent dans le petit salon. Henrik était visiblement épuisé. Elise était debout près de lui, la main dans la sienne ; mais ils avaient l'air... extatiques ?

— Oh ! Nous pensions que vous resteriez à Paris pendant toute la durée du traitement, s'exclama Sopi. Tout va bien ?

— Aussi bien que possible, fit Henrik avec un sourire. Je ne garde pas beaucoup de mes repas, mais les médecins ne sont pas inquiets. Je fais une pause pendant trois jours. Nous voulions en profiter pour vous annoncer notre grande nouvelle.

Il leva les yeux vers Elise, qui retenait ses larmes.

— Nous attendons un bébé, continua-t-il.

La nouvelle fit à Rhys l'effet d'un électrochoc. Près de lui, il sentit Sopi accuser le coup. Il se reprit le premier, sans doute parce qu'il avait l'habitude que la vie le gifle de plein fouet. Il aurait voulu garder la main de Sopi, la protéger des sentiments qui devaient l'assaillir, mais elle lui échappa avant qu'il ne puisse resserrer son étreinte.

Avant tout, il était heureux. Sincèrement heureux pour son frère, qui méritait tant de bonheur.

— C'est merveilleux, dit-il en s'avançant pour embrasser la joue d'Elise. Félicitations à tous les deux.

Il serra la main de Henrik.

— Nous sommes aussi choqués que vous.

Sopi enlaça Elise, le visage pâle, le sourire tremblant.

— Nous avions arrêté d'espérer après mon diagnostic. Mais nous avions bien besoin d'un peu de plaisir avant mon opération, ajouta Henrik avec un clin d'œil.

— Henrik ! fit Elise en rougissant. Un peu de tenue !

— C'est un miracle. Nous ne publierons aucune annonce officielle, mais nous voulions que vous le sachiez. Je me suis beaucoup reposé sur vous ces derniers temps, et nous avons découvert à nos dépens combien ce genre de pressions peuvent devenir contre-productives. Il vaut mieux… profiter du présent, plutôt que de se focaliser sur un futur incertain.

— Mais il ne faut jamais perdre espoir ! corrigea Elise.

— Non, je peux compter sur toi pour cela, n'est-ce pas ? murmura Henrik. Comment puis-je avoir tant de chance ?

Rhys recula de quelques pas.

— Vous avez besoin de repos, dit-il machinalement.

Les implications terrifiantes de cette nouvelle commençaient à envahir son esprit.

L'esprit embrumé, Sopi retourna à leurs appartements sans savoir si Rhys lui avait offert son bras. Une jalousie terrible la tenaillait. Non, non ! Elle était réellement heureuse pour Henrik et Elise, bien sûr ; mais malgré cela, elle se sentait écrasée par l'angoisse.

— Voilà qui élargit le champ de nos alternatives, n'est-ce pas ? demanda Rhys en fermant la porte de leur salon.

Elle pivota, surprise par cette attaque cryptique. Peut-être avait-elle compris le danger avant qu'il ne l'éclaircisse…

— Par exemple ?

— Par exemple, nous ne sommes plus obligés de nous marier, assena-t-il d'une voix tendue.

Pendant quelques secondes, les mots lui manquèrent. Le sang battait trop fort à ses tempes.

— Ah, nous parlons *d'obligation* plutôt que de *désir*, maintenant ?

Il se tenait immobile, le visage froid comme le marbre.

— Bien sûr. Puisque je *devais* me marier, je voulais que ce soit toi. Mais je me rends compte que j'ai été égoïste. Je n'ai pas pensé aux écueils que je plaçais sur ta route. Maintenant, tu peux partir avant que les dommages soient irréversibles.

À l'exception de son cœur brisé, évidemment.

— Et c'est à moi de prendre cette décision ? s'exclama-t-elle. Je *peux* m'en aller si j'en ai *envie* ?

— Non. J'exige que tu partes. C'est mieux pour toi.

Son culot la laissa bouche bée. Il avait fermé les yeux, les traits tirés par la souffrance, et déglutit.

— Tu ne veux pas m'épouser... Tu ne l'as jamais voulu.

— Non, non. *Tu* ne veux pas m'épouser, s'écria-t-elle, révoltée. *Je t'aime*. Je voudrais t'épouser, quelles que soient les circonstances. Est-ce que c'est parce que je n'ai pas...

— Ne finis pas cette phrase, coupa-t-il, les dents serrées.

Un muscle battait dans sa joue.

— Ce foutu titre est un trop lourd fardeau. Je t'en ai trop demandé. Je ne peux pas continuer, pas maintenant que j'ai vu combien tu as souffert de ne pas être...

Il fit un geste vague, incapable de terminer sa phrase. Elle ne pouvait pas lui dire qu'elle aurait pu vivre avec n'importe quel fardeau, si seulement il avait pu l'aimer.

Il inspira profondément.

— Je me chargerai d'arranger ton retour au Canada.

— Pas la peine, rétorqua-t-elle froidement. J'ai mes propres ressources, désormais.

Pas question de laisser qui que ce soit lui marcher sur les pieds ; plus maintenant.

— Sopi, je fais cela pour toi.

Peut-être aurait-elle dû lui être reconnaissante de tout ce qu'il avait déjà fait pour elle, mais la colère était trop forte.

— Arrête de mentir ! Tu fais cela parce que tu aimes *souffrir*. Je ne comprends pas pourquoi tu veux absolument te punir, mais peu importe. Je te laisse agoniser en paix. Ne me remercie pas.

10.

Les derniers mots de Sopi auraient aussi bien pu être un châtiment éternel. Ils continuèrent de hanter Rhys pendant les jours suivants, et le mordirent avec une violence renouvelée lorsqu'il annonça à son frère et Elise le départ de sa fiancée.

— Mais je m'entendais bien avec elle…, protesta sa belle-sœur. Et si la prochaine femme que tu choisis n'est pas… elle ?

Rhys ne s'était certainement pas projeté aussi loin, mais la remarque le brûla comme du sel sur une blessure ouverte. Henrik attendait peut-être un héritier, mais avoir un autre enfant lui serait sans doute impossible. Rhys devait toujours se marier pour assurer leur lignée. Et l'idée de toucher une autre femme que Sopi lui retournait l'estomac.

Il se plongea dans le travail pour fuir son souvenir, en espérant au moins alléger les responsabilités de son frère.

Le couple royal revint passer un week-end au palais, et Henrik le rejoignit au petit déjeuner.

— Tu as l'air plus malade que je ne le suis. Viens avec moi, ordonna-t-il.

Une brise fraîche soufflait sur les jardins. Ils venaient d'atteindre les rives du lac lorsque Henrik s'enquit :

— Que comptes-tu faire à propos de Sopi ?

— Rien. Nous avons rompu.

— Pourquoi ? N'essaie pas de me faire croire que cela ne marchait pas entre vous. Tu n'as pas eu besoin de me convaincre qu'elle était faite pour toi ; je l'ai vu de mes propres yeux. Tu ne jouais pas la comédie, Rhys. Je suis persuadé que tu l'aimes réellement.

Oh ! il l'aimait si fort que son absence le tuait à petit feu. Elle n'avait dormi avec lui que pendant quelques semaines, mais il la cherchait dans le noir, chaque nuit. Lorsqu'il entendait des pas dans le petit salon, son cœur bondissait dans sa poitrine.

Il se demandait si elle aurait des enfants avec un autre homme, et comment il pourrait supporter de vivre aux côtés d'une autre femme alors qu'il ne voulait qu'elle.

Henrik s'arrêta près d'un ponton de bois où, près de vingt ans auparavant, ils avaient pris un canot pour fuir le palais.

— C'est vrai. Je l'aime, admit-il.

L'aveu allégea le terrible fardeau qui pesait sur sa poitrine.

— Alors va la chercher, espèce d'imbécile.

Rhys aurait voulu pouvoir obéir à son frère. Le tourment de sa perte était insurmontable. Mais il n'avait pas été seulement guidé par la lâcheté lorsqu'il avait exigé son départ, ce jour-là.

— Henrik… Je ne peux pas m'empêcher de songer que c'est moi qui mérite d'être malade, pas toi.

— Arrête.

— C'est *moi* qui ai sauté sur le garde.

— Tu n'étais qu'un enfant, murmura Henrik. Tu as réagi parce que tu avais peur. Tu ne peux pas t'en vouloir pour les horreurs qu'ont commises ces monstres. Elise a mis du temps à me convaincre que j'étais responsable de l'avenir de Verina, et non de son passé. Il en va de même pour toi.

— Mais c'était… Ils sont morts à cause de moi. Tu en as souffert. Mes actes t'ont coûté ton enfance. Tu mérites d'être heureux, Henrik. Tu as dû te battre pour tout ce que tu possèdes. La couronne, Elise, le bébé. Et maintenant, tu dois te battre pour survivre. Pendant ce temps, le bonheur m'est offert sur un plateau d'argent.

La femme que j'aime est aussi une aristocrate. Et nous avons même cru qu'elle était tombée enceinte, en quelques semaines ! J'étais si…

Il émit un rire amer et se détourna, les yeux brûlants.

— Je ne pouvais pas supporter d'être si heureux. Si *facilement* heureux.

— Alors tu l'as fait fuir pour te punir ? Et que se passera-t-il si tu dois monter sur le trône ? Vas-tu épouser une femme que tu détestes au nom de l'autoflagellation ?

— Je ne veux pas y penser, Henrik. Je ne veux pas le trône. Je veux mon frère, vivant et en bonne santé.

— Eh bien, tu as de la chance, je suis là. Et je vais être un bon frère et te dire que tu es un idiot. Tu mérites d'être heureux. L'amour demande des sacrifices. Comment crois-tu que je m'en suis sorti, au début ? Pourquoi penses-tu que j'ai réussi à fuir le palais, ce soir-là ? Parce que tu étais là. *Toi*. Parce qu'il n'était pas question de te perdre.

Rhys déglutit douloureusement, en vain.

— J'étais un fardeau pour toi. Depuis ce jour-là, j'ai lutté sans cesse pour m'acquitter de mes dettes.

Il avait travaillé pour son frère et pour leur lignée avec dévotion et loyauté, mais rien de tout cela ne suffirait.

— Et renoncer à Sopi est l'un de tes sacrifices ? Pitié. Cela risque de te surprendre, mais tu n'es pas un dieu, Rhys. Tu ne peux pas contrôler mon destin. La douleur que tu t'infliges, et celle que tu infliges à Sopi, tout cela est inutile. Mais peut-être que tu as bien fait de la laisser partir. Elle trouvera un homme qui l'aimera comme elle le mérite.

Rhys le foudroya du regard.

— Oh ! je t'ai vexé ? ricana Henrik. Parfait.

— Tu as de la chance que je sois pressé, ou je te pousserais dans le lac, marmonna Rhys.

Il fit volte-face et reprit le chemin du palais à grands pas. Gerard avait l'ordre de garder contact avec Sopi au cas où elle aurait besoin de quoi que ce soit ; ou, dans ce cas précis, au cas où Rhys aurait besoin d'*elle*.

Le garde-chasse de la résidence Basile-Munier avait accueilli Sopi avec une étreinte chaleureuse. Il vivait seul au village et passait tous les jours s'occuper du jardin.

La demeure était un manoir à deux étages, et dotée d'une tourelle à chaque extrémité. Elle était nichée au cœur d'une forêt naturelle et surplombait un magnifique fjord couleur d'azur. Les briques couleur crème, les pignons caramel, et le toit peint en vert lui donnaient l'air d'un joli gâteau. Sopi en était tombée amoureuse au premier coup d'œil.

Elle n'avait pas eu l'intention de rester plus de quelques jours, le temps de panser ses blessures, mais elle songeait à s'installer jusqu'au festival du solstice d'été. On lui avait expliqué que le soleil se coucherait seulement une heure derrière les montagnes. Les gens d'ici se réunissaient pour le voir disparaître et renaître, puis danser, boire et manger ensemble pendant vingt-quatre heures.

Peut-être parviendrait-elle à y oublier sa mélancolie.

On lui avait expliqué que, traditionnellement, les jeunes femmes cueillaient un bouquet de sept fleurs différentes pour le festival. Si elles les glissaient sous leur oreiller, leur futur époux les visiterait en rêve.

Sopi avait réuni des marguerites, des boutons-d'or, des trèfles, des myosotis, et des fleurs sauvages dont elle ne connaissait pas le nom. Le bouquet en main, son sac de courses sur l'épaule, elle ajusta son chapeau de paille et gravit les derniers mètres de la pente d'un pas vif. Au sommet, elle déboucha sur le jardin verdoyant du manoir.

— Oh.

Elle s'arrêta net et laissa tomber le bouquet. Le sang rugit à ses tempes et son cœur se mit à battre la chamade.

Rhys était là. Rhys l'attendait dans un fauteuil, sur la terrasse où elle mangeait tous les soirs, les yeux posés sur elle. Elle se força à soutenir son regard.

— Rhys… Que fais-tu ici ?

— La maison était verrouillée et il n'y a pas de réseau.

Elle le dépassa et camoufla son anxiété en cherchant

ses clés. Pourquoi était-il venu ? Que lui voulait-il ? Elle ouvrit la porte et il la suivit dans la cuisine.

— La maison est magnifique.

Il traversa l'espace ouvert jusqu'au salon baigné de lumière, où les baies vitrées donnaient sur le fjord scintillant et le village niché au creux de la colline.

— Merci. J'ai du mal à partir.

Elle adorait cet endroit, peut-être parce qu'il représentait un lien tangible avec sa mère. Elle entreprit de ranger les courses, puis servit deux verres de limonade.

Il hocha la tête en regardant la vue. Il était préoccupé, mais elle ne parvenait pas à déchiffrer son expression.

— Merci, murmura-t-il en se tournant vers elle.

Il fronça les sourcils, les yeux rivés sur elle. Il effleura soudain ses cheveux, qui n'atteignaient plus que son menton.

— Pour l'amour du ciel, Sopi, cela ne fait que neuf jours.

— Oh ! oui. Le salon de coiffure m'a proposé de les donner à des enfants atteints du cancer.

Elle pivota face à la fenêtre. Elle sentait son regard brûlant sur son profil. Mon Dieu, que c'était satisfaisant, de percevoir sa colère, comme un écho à la sienne.

— Si tu avais été mon fiancé, je t'aurais peut-être consulté avant, lâcha-t-elle avec un sourire.

— C'est ironique. Je t'en voudrai sûrement de les avoir coupés jusqu'à ce qu'ils repoussent, mais je t'aime plus que jamais lorsque tu n'en fais qu'à ta tête.

Elle aurait voulu riposter, mais ses yeux se remplirent de larmes, et elle fronça les sourcils devant l'aquarelle trouble du paysage en contrebas.

— Que veux-tu que je réponde à cela ? souffla-t-elle.

— Tu pourrais dire que tu vas m'épouser.

— Tu m'excuseras de ne pas sauter sur l'occasion une *deuxième* fois.

La main tremblante, elle dut poser son verre sur la table.

— Alors dis-moi d'aller au diable. Je le mérite.

Il la rejoignit en une enjambée et prit son visage entre ses mains pour plonger son regard dans le sien.

— Tu avais raison, Sopi. Je voulais me faire du mal.

— Pourquoi ?

— Parce que je ne savais pas être heureux. Pas aussi fort. Pas sans me sentir coupable. J'ai été bouleversé que tu ne sois pas enceinte, tu sais. Je souffre et j'ai peur, et j'ai besoin de toi à mes côtés. Je ne peux pas supporter la vie et ses incertitudes sans toi.

Chaque mot murmuré la poignardait en plein cœur.

— Et je ne voulais pas un bébé parce que j'avais besoin d'un héritier. Je voulais un bébé avec *toi*. Fonder une famille avec toi. Mais je ne pouvais pas accepter un rêve pareil sans avoir l'impression de voler quelque chose à mon frère.

La force magnétique de leur amour lui donnait le vertige. Les yeux brûlants, elle s'entendit chuchoter avec espoir :

— Et maintenant ?

— Maintenant, je sais que vivre sans toi est un véritable supplice.

— J'ai eu l'impression que tu voulais nous punir. Nous empêcher d'être heureux.

— Je sais.

Son visage était crispé de détresse, mais il tira tendrement sur une de ses courtes mèches.

— Pourtant tu ne m'as pas laissé faire. Et j'espère que tu me laisseras la chance de te donner enfin le bonheur que tu mérites.

Ses lèvres tremblaient sur les mots qu'elle n'osait prononcer.

— Cette fois-ci, tu sais exactement à quoi t'attendre. Tu sais que tu es mon égale. Que je *te* veux. Parce que je t'aime.

Une larme roula sur sa joue.

— Et je t'aime aussi.

Il poussa un soupir de soulagement et l'attrapa dans ses bras alors même qu'elle jetait les siens autour de sa nuque. Leur baiser avait la saveur du pardon, de la réconciliation, mais leur tendresse se transforma bientôt en passion dévorante. Il la souleva sans effort contre sa poitrine.

— Où est ta chambre ?

Elle montra l'escalier du doigt.

— Certainement pas. Je vais garder mes forces pour des choses bien plus importantes.

Il la porta jusqu'au canapé, tomba avec elle, et couvrit son rire d'un baiser.

Épilogue

Hôtel Cassiopeia
Canada, six ans plus tard

Rhys attendait sa femme, en peignoir, mais il comprit bien vite qu'elle avait quitté la suite. D'instinct, il descendit dans le restaurant plongé dans le noir et entra dans les cuisines fermées pour la nuit.

— *Liebling*, je croyais que tu te changeais ?

Pas question de mentionner le bassin, pas s'il voulait pouvoir s'y baigner seul avec elle…

— Je suis allée leur souhaiter bonne nuit et on m'a rappelé que j'avais fait une promesse.

Elle portait encore sa robe de soirée et les diamants que Rhys lui avait offerts pour leur anniversaire de mariage, avant leur séjour au Canada ; mais elle plongea la cuillère dans le bac de glace elle-même, et prépara un cône pour chacun de leurs trois enfants.

— Tu peux prendre une photo de moi, papa ? Je veux la montrer à Reggie, demanda Sarah, leur aînée.

Elle était troisième dans la ligne de la succession, après son cousin, Reginald, et Rhys. Heureusement, aucun d'entre eux n'avait à s'inquiéter du trône : la rémission de Henrik avait été officiellement annoncée le mois dernier.

Mais le sévère traitement avait encore rapproché leur famille, et Sarah et Reggie étaient aussi proches que des jumeaux. Ils avaient presque le même âge et manquaient terriblement l'un à l'autre lorsqu'ils étaient séparés. Rhys les trouvait adorables et espérait qu'ils garderaient leur complicité en grandissant.

— Avec du camamel ! gloussa Robbie de son côté.

Il avait déjà le nez maculé de glace, et Rhys l'essuya en riant, puis embrassa ses cheveux ébouriffés.

— Peut-être que tu pourrais partager avec Marcus ? proposa Sopi pendant que leur bébé tendait sa petite main enthousiaste.

Rhys prit le bambin des bras de la nourrice. Il aimait chacun de ses enfants si fort que son cœur lui semblait constamment sur le point d'exploser. Et puis, il y avait sa femme…

Sopi offrit un cornet à la nourrice avant de préparer le sien, puis replaça le bac à glace dans le grand congélateur.

— Tu te débrouilles bien, princesse, dit-il en souriant.

— N'est-ce pas ? Je n'ai pas perdu la main.

Sa langue suivit le contour du cornet, délicieusement tentatrice. Il avait hâte de la savourer, tendre et sucrée, après avoir couché les enfants.

— Nous irons nous baigner *demain matin*, promit-il en les bordant, quelques minutes plus tard.

Une fois les lumières éteintes et la porte fermée, il entraîna sa femme dans le spa déserté.

— Je comptais mettre un maillot de bain, protesta Sopi.

— Pour quoi faire ? Tu ne le garderais pas longtemps.

Il attrapa un peignoir et des serviettes – il avait appris de ses erreurs – et glissa sa main dans la sienne.

En riant tout bas, ils sortirent dans la neige et traversèrent la forêt vers la source aux eaux magiques. L'endroit où ils étaient tombés amoureux. Et, nus, ils s'immergèrent ensemble dans l'eau brûlante.

Retrouvez en septembre 2020,
dans votre collection

AZUR

Le fils caché d'un Sicilien,
de Michelle Smart - N°4246

Cela fait trois ans qu'Orla recherche le père de son fils chéri. Hélas, en raison de l'accident qui l'a rendue amnésique, elle est incapable de se rappeler son nom… Jusqu'au jour où Tonino Valente fait son apparition, au cours du mariage de sa sœur. Cet homme somptueux, Orla le reconnaît aussitôt, dans son âme, son cœur, son corps ! Dès lors, les souvenirs affluent à sa mémoire, dévastateurs. Ceux de leur rencontre et de la passion qui les a liés si intimement… Mais aussi celui de la trahison de Tonino…

Liaison avec le grand patron,
de Kate Hewitt - N°4247

Elle est enceinte… Mia attend un enfant d'Alessandro Costa, un homme qu'elle connaît à peine, un homme impitoyable. Son patron ! Alors qu'elle croyait n'avoir jamais plus rien à faire avec celui qui n'a pas hésité à la licencier froidement après leur unique nuit d'amour, la voilà liée à lui pour toujours ! Si le choc est intense, Mia pense d'abord à protéger son enfant en restant à distance. Mais lorsque quelques mois plus tard Alessandro découvre qu'elle a donné naissance à une petite fille, il fait de nouveau irruption dans sa vie, pour lui donner un ordre ultime : celui de l'épouser !

Dans les bras du prince de Santara,
de Michelle Conder - N°4248

Alexa, princesse héritière de Bérénia, a besoin de trouver un mari avant que son père lui en impose un. Et elle a déjà jeté son dévolu sur Rafaele al-Hadrid. Le prince de Santara possède en effet toutes les qualités requises. Hédoniste aux mœurs dissolues, il fuit tout engagement – et le mariage en particulier. Avec lui, au moins, les choses seront claires : il ne sera question entre eux que d'un arrangement temporaire qui, tout en renforçant les liens entre leurs deux pays, servira leur intérêt commun de rester libre. Hélas, si le plan d'Alexa est parfait en théorie, tout se complique lorsqu'un désir irrépressible la pousse dans les bras et dans le lit de son époux de façade…

Le fruit d'une nuit interdite,
de Chantelle Shaw - N°4249

S'il y a une femme sur Terre qu'Andreas Karelis n'a pas le droit de séduire, c'est bien l'innocente Isla Stanford. Pourtant, leurs retrouvailles sur une île paradisiaque de la mer Égée mettent à mal ses résolutions. Dans ce décor de rêve, où le vert de la forêt rivalise de beauté avec le bleu du ciel, comment résister à cette créature tout droit sortie de ses fantasmes ? Après une aventure aussi brève qu'intense, Isla sort de la vie d'Andreas, fort heureusement pour sa tranquillité d'esprit. Avant de lui révéler peu après qu'elle attend un enfant de lui : l'héritier des Karelis…

La maîtresse de Salvatore di Luca,
de Sharon Kendrick - N°4250

Fidèle aux traditions siciliennes, Lina travaille dur et se conduit de manière respectueuse. Mais, au grand dam de sa famille, elle repousse tous ses prétendants. Comment pourrait-elle se lier à un homme qu'elle n'aime pas ? Tous l'ignorent, mais un seul a le pouvoir de faire battre son cœur. Chaque fois qu'il est de passage à Caltarina, Salvatore di Luca éveille en elle un désir intense… mais interdit. Non seulement le séduisant milliardaire n'a aucune intention de s'établir sur l'île, mais surtout il n'a que faire d'une simple couturière comme elle. Du moins le croit-elle, avant qu'une rencontre fortuite les conduise à une liaison scandaleuse…

Éprise de son meilleur ami,
de Michelle Douglas - N°4251

Se marier avec son meilleur ami ? Voilà une idée curieusement tentante pour Sophie. Bien sûr, il ne s'agirait que d'une union de convenance entre eux, purement platonique : Will a besoin d'une femme pour hériter d'Ashbarrow Castle, le domaine familial ; quant à Sophie, elle manque d'argent pour se bâtir une nouvelle existence en Cornouailles. Rien de romantique, donc. Alors pourquoi ne peut-elle s'empêcher de s'imaginer au bras de Will… et dans son lit ? Tandis qu'elle s'efforce d'ignorer les élans de son cœur pour son irrésistible époux, Sophie comprend bientôt qu'elle a commis l'irréparable en tombant amoureuse de lui…

Noces à Manhattan,
de Susan Meier - N°4252

SÉRIE : *LES HÉRITIERS DE MANHATTAN* - 2/3

« J'ai besoin d'aide. » Face à Seth McCallan, le meilleur ami de son époux disparu, Harper n'a d'autre choix que de révéler sa détresse. Comment faire autrement, alors que sa petite fille et elle sont sur le point de se retrouver à la rue ? Bien sûr, elle aurait préféré tenir l'homme d'affaires new-yorkais à l'écart de ses problèmes, seulement il est son dernier recours… Or, à peine lui a-t-elle expliqué sa situation que Seth lui propose d'emménager chez lui avec son bébé. Une offre qu'elle accepte volontiers, tout en se jurant de garder ses distances avec celui qui, depuis des années, fait battre son cœur un peu trop vite…

La promise d'un cheikh, de Lynne Graham - N°4253

SÉRIE : *TROIS SŒURS À SÉDUIRE* - 3/3

Résolue à échapper quelque temps à sa famille surprotectrice, Zoe voyage vers le Maraban, un royaume du désert de toute beauté. Sitôt arrivée, hélas, elle est enlevée et conduite dans un campement au milieu de nulle part. Son salut, elle le doit au sublime Raj, qui se révèle être le prince héritier du pays. Sous son regard ardent, elle se sent vite rassurée… et désirée ! Mais sa liberté a un prix, Zoe ne tarde pas à le comprendre. Et, lorsque tous deux sont plongés dans un scandale politique, Raj exige d'elle qu'elle devienne son épouse…

Une danse à Venise, de Trish Morey - N°4254

SÉRIE : *PASSION AU PARADIS* - 4/6

Venise est envahie par une foule d'anonymes masqués, noyée dans un brouillard mystérieux… C'est là que Rosa, perdue, fait la rencontre d'un sublime inconnu. Lorsqu'il lui propose de l'accompagner au bal du carnaval, elle accepte, grisée par l'atmosphère de cette soirée féerique. Puis elle se laisse entraîner sur la piste de danse du *palazzo*, avant de gagner le lit de Vittorio, pour une nuit de délices. Une nuit censée être unique mais qui n'est pas sans conséquences. Peu après, Rosa découvre en effet qu'elle est enceinte et que son amant est prince !

Ce pacte si troublant, de Tara Pammi - N°4255

Pour se libérer de l'emprise de son beau-père, un homme manipulateur et violent, Neha sait qu'une seule personne peut l'aider : Leonardo Brunetti, le puissant P-DG de BFI. Cet homme ténébreux et arrogant – et qui la fait frissonner en secret depuis des années – est en effet le seul à pouvoir tenir tête à son beau-père et la sauver de ses griffes. Mais Leonardo acceptera-t-il sa folle demande : l'aider à commencer enfin une nouvelle vie en lui faisant l'enfant dont elle rêve ?

Un baiser enivrant, de Kim Lawrence - N°4256

Quand le sublime Draco Morelli lui propose de l'embrasser pour rendre jalouses les trois pestes qui se moquent d'elle depuis le lycée, Eve accepte sans hésiter – pour le simple plaisir de les voir se consumer d'envie. Mais le baiser passionné de Draco lui fait rapidement oublier ses désirs de vengeance. Ce qu'elle veut à présent, c'est lui et rien d'autre. Aussi, quand, après une première nuit de passion, leur aventure semble évoluer vers une véritable histoire d'amour, Eve est-elle ivre de bonheur. Un bonheur hélas de courte durée. Car elle ne tarde pas à découvrir que Draco l'a piégée. S'il a besoin d'une femme dans sa vie, c'est uniquement pour conserver la garde de sa fille…

PASSIONS

Rêve. Trahison. Tentation.

Un homme et une femme.
Deux héros que tout oppose.
Ils n'ont rien en commun…
Ils ne croient plus en l'amour…
Ils sont amants… Ils sont rivaux…
Ils n'étaient pas censés s'aimer.
Et pourtant…
Ils vont renouer avec la passion.

5 livres à découvrir tous les mois.

DIVERTIR • INSPIRER • ÉMOUVOIR

HARLEQUIN
www.harlequin.fr

OFFRE DE BIENVENUE !

Vous êtes fan de la collection Azur ?
Pour prolonger le plaisir, recevez gratuitement

♦ 2 livres Azur gratuits ♦
et 2 cadeaux surprises !

Une fois votre colis de bienvenue reçu, si vous souhaitez continuer à recevoir nos romans Azur, cela se fera automatiquement. Vous recevrez alors chaque mois 6 romans inédits de cette collection au tarif unitaire de 4,50€ (Frais de port France : 1,79€).

➡ LES BONNES RAISONS DE S'ABONNER :

Aucun engagement de durée ni de minimum d'achat.
♦
Aucune adhésion à un club.
♦
Vos romans en avant-première.
♦
La livraison à domicile.

➡ ET AUSSI DES AVANTAGES EXCLUSIFS :

Des cadeaux tout au long de l'année.
♦
Des réductions sur vos romans par le biais de nombreuses promotions.
♦
Des romans exclusivement réédités notamment des sagas à succès.
♦
L'abonnement systématique et gratuit à notre magazine d'actu ROMANCE.
♦
Des points fidélité échangeables contre des livres ou des cadeaux.

➡ REJOIGNEZ-NOUS VITE EN COMPLÉTANT ET EN NOUS RENVOYANT LE BULLETIN !

N° d'abonnée (si vous en avez un) ☐☐☐☐☐☐☐☐☐☐ Z0ZEA6

Mme ☐ Mlle ☐ Nom : .... Prénom : ....

Adresse : ....

CP : ☐☐☐☐☐ Ville : ....

Pays : .... Téléphone : ☐☐☐☐☐☐☐☐☐☐

E-mail : ....

Date de naissance : ☐☐ ☐☐ ☐☐☐☐

☐ Oui, je souhaite être tenue informée par e-mail de l'actualité d'Harlequin.

☐ Oui, je souhaite bénéficier par e-mail des offres promotionnelles des partenaires d'Harlequin.

Renvoyez cette page à : Service Lectrices Harlequin – CS 20008 – 59718 Lille Cedex 9 - France

Date limite : **31 décembre 2020**. Vous recevrez votre colis environ 20 jours après réception de ce bon. Offre soumise à acceptation et réservée aux personnes majeures, résidant en France métropolitaine. Prix susceptibles de modification en cours d'année. Vous pouvez demander à accéder à vos données personnelles, à les rectifier ou à les effacer. Il vous suffit de nous écrire en nous indiquant vos nom, prénom et adresse à : Service Lectrices Harlequin - CS 20008 - 59718 LILLE Cedex 9. Harlequin® est une marque déposée du groupe HarperCollins France – 83/85, Bd Vincent Auriol – 75646 Paris cedex 13. Tél : 01 45 82 47 47. SA au capital de 3 120 000€ - R.C. Paris. Siret 31867159100069/APE5811Z.

RESTEZ CONNECTÉ AVEC HARLEQUIN

Harlequin vous offre un large choix de littérature sentimentale !

Sélectionnez votre style parmi toutes les idées de lecture proposées !

www.harlequin.fr

- **Découvrez** toutes nos actualités, exclusivités, promotions, parutions à venir…
- **Partagez** vos avis sur vos dernières lectures…
- **Lisez** gratuitement en ligne
- **Retrouvez** vos abonnements, vos romans dédicacés, vos livres et vos ebooks en précommande…

L'application Harlequin

- Des **ebooks gratuits** inclus dans l'application
- **50 nouveautés tous les mois** et + de 7 000 ebooks en téléchargement
- Des **petits prix** toute l'année
- Une **facilité de lecture** en un clic hors connexion
- Et plein d'autres avantages…

Téléchargez notre application gratuitement

Télécharger dans l'App Store

DISPONIBLE SUR Google Play

SUIVEZ-NOUS !

facebook.com/HarlequinFrance
twitter.com/harlequinfrance

Composé et édité par HarperCollins France.

Achevé d'imprimer en juillet 2020.

CPi
BLACK PRINT

Barcelone

Dépôt légal : août 2020.

FSC
www.fsc.org
MIXTE
Papier issu de sources responsables
FSC® C108412

Pour limiter l'empreinte environnementale de ses livres, HarperCollins France s'engage à n'utiliser que du papier fabriqué à partir de bois provenant de forêts gérées durablement et de manière responsable.

Imprimé en Espagne.

OFFRE DÉCOUVERTE !

Vous souhaitez découvrir nos collections ? Recevez **votre 1er colis gratuit* avec 2 cadeaux surprises !** Une fois votre colis de bienvenue reçu, si vous souhaitez continuer à recevoir nos livres, cela se fera automatiquement. Vous recevrez alors vos livres inédits** en avant-première.

Vous n'avez aucune obligation d'achat et cette offre est sans engagement de durée !

*1 livre offert + 2 cadeaux / 2 livres offerts pour la collection Azur + 2 cadeaux. Les collections Gentlemen et Aliénor démarrent avec le 1er colis payant.
**Les livres Ispahan, Sagas, Best-Sellers Féminins, Gentlemen et Hors-Série sont des réédités.

☛ COCHEZ la collection choisie et renvoyez cette page au
Service Lectrices Harlequin – CS 20008 – 59718 Lille Cedex 9 – France

Collections	Références	Prix colis*
❑ **AZUR**	Z0ZFA6	6 livres par mois 28,79€
❑ **BLANCHE**	B0ZFA3	3 livres par mois 23,65€
❑ **LES HISTORIQUES**	H0ZFA2	2 livres par mois 16,59€
❑ **ISPAHAN**	Y0ZFA3	3 livres tous les 2 mois 23,35€
❑ **PASSIONS**	R0ZFA3	3 livres par mois 25,09€
❑ **SAGAS**	N0ZFA3	3 livres tous les 2 mois 27,66€
❑ **BLACK ROSE**	I0ZFA3	3 livres par mois 25,09€
❑ **VICTORIA**	V0ZFA3	3 livres tous les 2 mois 25,69€
❑ **GENTLEMEN**	G0ZFA2	2 livres tous les 2 mois 17,35€
❑ **BEST-SELLERS FÉMININS**	E0ZFA2	2 livres tous les 2 mois 18,75€
❑ **ALIÉNOR**	A0ZFA2	2 livres tous les 2 mois 17,35€
❑ **HORS-SÉRIE**	C0ZFA2	2 livres tous les 2 mois 17,35€

N° d'abonnée Harlequin (si vous en avez un)

Mme ❒ Mlle ❒ Nom :

Prénom : Adresse :

Code Postal : Ville :

Pays : Tél. :

E-mail :

Date de naissance :

❒ Oui, je souhaite recevoir par e-mail les offres promotionnelles des éditions Harlequin.
❒ Oui, je souhaite recevoir par e-mail les offres promotionnelles des partenaires des éditions Harlequin.

Date limite : 31 décembre 2020. Vous recevrez votre colis environ 20 jours après réception de ce bon. Offre soumise à acceptation et réservée aux personnes majeures, résidant en France métropolitaine, dans la limite des stocks disponibles. Prix susceptibles de modification en cours d'année. Vous pouvez demander à accéder à vos données personnelles, à les rectifier ou à les effacer. Il vous suffit de nous écrire en nous indiquant vos nom, prénom et adresse à : Service Lectrices Harlequin CS 20008 59718 LILLE Cedex 9. Service Lectrices disponible du lundi au vendredi de 8h à 18h : 01 45 82 47 47.

Harlequin® est une marque déposée du groupe HarperCollins France – 83/85, Bd Vincent Auriol – 75646 Paris cedex 13. SA au capital de 3 120 000€ – R.C. Paris. Siret 31867159100069/APE5811Z.